Quadrille

HEINZ G. KONSALIK | *ŒUVRES*

AMOURS SUR LE DON	*J'ai lu* 497*****
DOCTEUR ERIKA WERNER	*J'ai lu* 610***
JE GUÉRIRAI LES INCURABLES	
BEAUCOUP DE MÈRES S'APPELLENT ANITA	
LE DESTIN PRÊTE AUX PAUVRES	
LA PASSION DU DOCTEUR BERGH	*J'ai lu* 578***
MANŒUVRES D'AUTOMNE	
NOCES DE SANG À PRAGUE	
BRÛLANT COMME LE VENT DES STEPPES	*J'ai lu* 549****
MOURIR SOUS LES PALMES	*J'ai lu* 655***
AIMER SOUS LES PALMES	*J'ai lu* 686**
DEUX HEURES POUR S'AIMER	*J'ai lu* 755**
L'OR DU ZEPHIRUS	*J'ai lu* 817**
LES DAMNÉS DE LA TAÏGA	*J'ai lu* 939****
L'HOMME QUI OUBLIA SON PASSÉ	*J'ai lu* 978***
LA CARAVANE DES SABLES	*J'ai lu* 1084***
UNE NUIT DE MAGIE NOIRE	*J'ai lu* 1130**
LE MÉDECIN DE LA TSARINE	*J'ai lu* 1185**
DEUX FILLES EN LIBERTÉ	
ALARME !	
AMOUR COSAQUE	*J'ai lu* 1294***
UN ÉTÉ PAS COMME LES AUTRES	
DOUBLE JEU	*J'ai lu* 1388****
LA CLINIQUE DES CŒURS PERDUS	
AUSWEIS POUR LA NUIT	
NATALIA	*J'ai lu* 1382***
L'AMOUR EST LE PLUS FORT	*J'ai lu* 1030***
LE MYSTÈRE DES SEPT PALMIERS	*J'ai lu* 1464***
ILS ÉTAIENT DIX	
L'HÉRITIÈRE	*J'ai lu* 1653**
LA FACE OBSCURE DE LA GLOIRE	
LA MALÉDICTION DES ÉMERAUDES	*J'ai lu* 1565***
AMOUR EN CAMARGUE	*J'ai lu* 1709***
IL NE RESTA QU'UNE VOILE ROUGE	*J'ai lu* 1758****
BATAILLONS DE FEMMES	*J'ai lu* 1907*****
CONJURATION AMOUREUSE	
LE GENTLEMAN	*J'ai lu* 2025***
UN MARIAGE EN SILÉSIE	*J'ai lu* 2093****
COUP DE THÉÂTRE	*J'ai lu* 2127***
CLINIQUE PRIVÉE	*J'ai lu* 2215***
QUADRILLE	*J'ai lu* 2229**

Konsalik

Quadrille

traduit de l'allemand par Jean-Claude CAPÈLE

Éditions J'ai lu

Ce roman a paru sous le titre original :

FRAUEN VERSTEHEN MEHR VON LIEBE

Il était encore tôt, les ombres de la nuit venaient à peine de céder la place aux premières lueurs du jour. La rue sommeillait encore, et la circulation qui l'étouffait habituellement pendant la journée était loin d'avoir atteint cette densité dévastatrice qui exaspère le citadin moderne, alors même que la montée incessante du prix de l'essence ne lui est d'aucun secours.

Les trottoirs aussi étaient encore peu animés. Des ouvriers isolés se rendaient à leur travail. Un jeune mitron passa comme une flèche sur son vélo ; il était en retard et regrettait une fois de plus d'avoir choisi ce métier qui l'obligeait à se lever si tôt et qui l'enchaînait près du four à pain toute la journée, alors que dehors le soleil printanier faisait pousser l'herbe et fleurir les arbres.

Outre les ouvriers et ce jeune mitron, qui n'avaient pas eu le loisir de se prélasser au lit, on pouvait remarquer une très jolie jeune femme aux jambes superbes, levée elle aussi à cette heure matinale, ce qui était tout à fait étonnant, ces jeunes femmes-là aimant plutôt faire la grasse matinée. Elles peuvent d'ailleurs se le permettre, car elles ne connaissent que le bon côté des choses et ne sont pas obligées d'exercer des métiers désagréables. Elles n'ont pas besoin de se démener dans la vie, si ce n'est peut-être sur un court de tennis. Elles peuvent, si elles le désirent, jeter l'ancre dans le havre d'un mariage confortable qui leur impose seulement de prendre soin d'elles-mêmes. Mais elles doivent pour cela avoir la sagesse de renoncer aux liaisons avec des étudiants sans le sou ou des bons à rien de peu d'envergure.

La jeune femme dont il est question ici était d'une tout autre trempe. Elle ne perdait pas son temps à attendre un de ces cadres « tr. b. phys., gai, moins de 50 a. » qui remplissent de leur autosatisfaction (« généreux, sérieux, modeste ») les pages de petites annonces des journaux d'aujourd'hui. Elle avait su au contraire conquérir son indépendance et se campait fermement sur ses jambes, des jambes fort jolies d'ailleurs, on ne le répétera jamais assez.

On pouvait en dire autant de sa personne dans son ensemble, car ses jambes n'étaient pas, tant s'en faut, son unique attrait : son visage, sa chevelure, sa poitrine et ses hanches n'avaient absolument rien à leur envier.

Sonja Kronen — c'est ainsi qu'elle s'appelait — n'était pas une œuvre inachevée de la nature, c'était un chef-d'œuvre que l'on pouvait considérer comme parfaitement réussi. Un producteur de cinéma célèbre qui lui avait proposé un rôle avait dit d'elle :

— Elle est complètement folle de travailler ! Elle pourrait tout à fait s'en passer. Ou alors, elle n'a pas compris la signification de ma proposition.

Si, elle avait parfaitement compris. Sonja Kronen était en effet une fille très intelligente qui n'avait pas besoin d'un producteur de cinéma bedonnant pour savoir ce qu'elle avait à faire.

Un rôle au cinéma, si modeste fût-il, aurait d'ailleurs été quelque chose de tout à fait nouveau dans sa vie. Elle exerçait ses dons dans un autre domaine : elle était dessinatrice de mode. C'était le plus pur des hasards qui lui avait fait rencontrer ce producteur dans un restaurant, et il avait immédiatement jeté son dévolu sur elle. Mais elle ne se contentait pas de dessiner des modèles ; elle avait de plus hautes ambitions. C'est pourquoi elle avait entrepris six mois auparavant d'ouvrir sa propre boutique de modes. C'était pour elle un saut dans l'inconnu.

Aujourd'hui, elle avait quitté son petit appartement

dès l'aube. Après une nuit presque blanche, elle se sentait nerveuse. Il y avait des raisons précises à cela, car aujourd'hui commençait une nouvelle vie pour Sonja Kronen.

Sans faire attention à ce qui se passait autour d'elle, elle marchait par les rues qui commençaient à s'animer. Finalement, elle arriva devant une assez grande vitrine et poussa un profond soupir. Sa tendre poitrine, que tant d'hommes désiraient, se souleva doucement sous son chemisier. Tout cela n'échappa pas au regard d'un jeune habitant de la ville qui, lui non plus, n'aurait pas dû se trouver dans la rue à cette heure de la journée, mais qui, pour se maintenir en forme, avait l'habitude de faire une promenade matinale avant de se rendre à son travail.

Sonja Kronen poussa donc un profond soupir. Elle était en droit de le faire, car elle avait conscience d'avoir gravi un échelon important qui la rapprochait de ce qu'il est convenu d'appeler la réussite. Là-haut, en effet, au-dessus de la vitrine, on pouvait lire depuis la veille, en gros caractères :

BOUTIQUE DE MODES SONJA

Elle avait enfin son magasin...

Etre son propre maître, ou plus exactement sa propre maîtresse, posséder une boutique de modes dans laquelle régnaient l'imagination et l'esthétique, l'élégance et le bon goût, l'argent des gens bien et leurs caprices — son rêve se réalisait enfin !

Mais posséder un magasin à soi promettait aussi de nombreuses nuits blanches par la faute d'une robe qu'il faudrait terminer en un temps record pour ne pas perdre une cliente trop pressée. Mais quelle importance une nuit blanche de plus ou de moins ?

Sonja contempla sa vitrine avec un sourire satisfait, presque puéril. Elle avait finalement obtenu ce qu'elle voulait. Combien de fois en avait-elle rêvé, combien de fois s'était-elle juré à elle-même, pendant toutes ces années passées à travailler pour les autres : « Un jour, Sonja, tu auras toi aussi un magasin comme celui-là, et tu pourras montrer ce dont tu es capable. »

Ce jour était enfin arrivé. Une ténacité inflexible, des économies, un petit héritage six mois auparavant, la compréhension bienveillante de quelques entreprises puis un prêt octroyé par un parent éloigné, tout cela avait contribué à faire de ce rêve une réalité.

Sonja examina sa vitrine d'un œil critique. Il y avait là, au premier plan, une robe en brocart noir ; au fond, on pouvait voir une robe d'été, légère, aérienne, et là-bas, à gauche, une robe du soir en taffetas blanc. C'étaient des robes qu'elle avait créées elle-même et qu'elle avait cousues de ses mains. Elles étaient destinées à attirer les clientes et à leur donner une idée de ce que Sonja Kronen, cette jeune inconnue de vingt-quatre ans, était capable de faire.

Ce qui manque encore dans cette vitrine, pensa-t-elle, ce sont les prix.

Elle y avait réfléchi toute la nuit. Comment s'y prendre ? Devait-elle viser haut, adopter plutôt un profil bas, ou bien choisir le juste milieu ?

Son bon sens l'avait emporté et elle avait décidé de rester dans des limites raisonnables.

Tandis qu'elle se dirigeait vers la porte de la boutique, elle entendit une voix derrière elle :

— Voilà des choses ravissantes, n'est-ce pas ? (Cette voix était profonde et vigoureuse, un brin moqueuse aussi.) Toutefois, la propriétaire, cette Sonja, ne semble pas se préoccuper beaucoup des règlements.

— Ah bon ? fit Sonja en se retournant à demi.

Elle vit un homme habillé avec goût, qui la regardait de ses grands yeux clairs. Il était élancé, il avait un visage aux traits fins et son sourire révélait la blancheur éclatante de ses dents. Le vent matinal l'avait légèrement décoiffé, ce qui lui donnait un air juvénile. Il n'était d'ailleurs pas encore bien vieux. Il devait avoir environ trente ans.

— Il faudrait que quelqu'un le lui dise, ajouta-t-il.

— A qui ?
— A cette Sonja...
— Et que devrait-on lui dire ?
— Qu'elle risque une amende.
— Pourquoi ?
— Ici, en Allemagne, on est tenu d'indiquer le prix des articles en vitrine. Si l'on ne s'y conforme pas, on risque une amende salée.
Sonja Kronen sursauta. Cet homme était-il envoyé par l'office du contrôle des prix ? Ou bien s'agissait-il d'un policier en civil ?
— Vous savez, répliqua-t-elle rapidement, ce péché par omission s'explique par le fait que le magasin est tout neuf et que les propriétaires ne sont pas encore très au courant. Je suis sûre qu'ils vont rapidement y mettre bon ordre.
— C'est une boutique récente ?
La façon dont il prononça le mot « boutique » déplut à Sonja. Elle trouvait que ce mot, dans sa bouche, avait quelque chose de péjoratif. Mais elle garda le sourire et répondit par l'affirmative. L'homme poursuivit :
— Je ne connais pas assez bien le quartier. Mais vous, vous avez l'air d'être au fait.
— C'est le jour de l'inauguration du magasin, expliqua-t-elle en pesant ses mots.
L'homme l'interrompit :
— Je suppose que vous habitez le quartier pour être aussi bien informée ?
— Oui, j'habite tout près d'ici, riposta Sonja, rendant ainsi hommage à la plus stricte vérité.
— Et je suppose aussi que vous aimeriez bien acheter une de ces robes, continua-t-il en se tournant vers la vitrine.
Spontanément, Sonja rétorqua :
— Non, pas du tout !
Et elle ajouta en pensée : Au contraire, mon cher, j'aimerais bien les vendre, et le plus rapidement possible.
L'étonnement de l'homme allait grandissant.

— Une créature féminine, décréta-t-il en hochant la tête, qui voit de telles robes et ne ressent pas le désir de les posséder ? C'est nouveau ! Vous n'êtes pas normale ? Oh, excusez-moi, se reprit-il, effrayé par ses propres paroles, ce n'est pas ce que j'ai voulu dire ! Mais je m'intéresse beaucoup aux gens qui sortent un peu de l'ordinaire.

Sonja se mit à rire.

— En vous écoutant parler de ces robes, on croirait presque qu'elles vous plaisent aussi.

— Beaucoup, même.

— Vous vous y connaissez ?

— Non.

— Et pourtant vous prétendez...

Il lui coupa la parole :

— Je me contente de dire qu'une robe me plaît ou qu'elle ne me plaît pas. Je ne serais pas capable de vous expliquer en détail pourquoi. C'est comme ça.

Sonja fit un petit geste de la main vers la vitrine.

— En tout cas, vous semblez avoir du goût. Voilà déjà un point commun entre nous.

L'homme fit un pas en arrière, son regard glissa lentement sur la façade de ce nouveau magasin, puis il déclara en haussant les épaules :

— Et pourtant, je la plains de tout mon cœur !

— Qui donc ?

— Cette Sonja.

— Et pourquoi ?

— Des trucs comme ça, énonça-t-il en parlant du magasin, poussent partout comme champignons après la pluie. Et puis ils ferment aussi rapidement qu'ils ont ouvert. On l'observe quotidiennement. Et il n'en sera pas autrement de ce nouveau magasin. C'est pourquoi je pense que ceux qui se lancent là-dedans — des jeunes, pour la plupart — sont tous un peu dingues, si vous voulez mon avis.

C'en était fini maintenant de la sympathie naissante que Sonja avait éprouvée à l'égard de ce bel inconnu qu'elle supposait même être intelligent. Mais pour le moment, il ne s'agissait pas de devenir agressive ou d'interrompre brusquement la conversation, car elle ne savait toujours pas à qui elle avait affaire.

— Je vais vous donner un bon conseil, reprit l'homme au bout d'un moment. Dans deux ou trois mois, il y aura ici une liquidation totale pour cessation d'activité et vous pourrez avoir tout ce que vous voulez à moitié prix.

— Ça m'étonnerait ! s'écria Sonja vivement.

— Vous pariez ?

Sonja dut faire un effort pour ne pas perdre son sang-froid et se contenta de répondre :

— Non, je ne parie rien du tout.

Il sourit, l'air moqueur.

— Dommage, c'est avec plaisir que j'aurais bu une bonne bouteille de vin qui ne m'aurait rien coûté ! (Sonja se taisait. Il s'empressa d'ajouter :) Avec vous, évidemment.

C'était une de ces manœuvres d'approche dont Sonja avait l'habitude.

— Même à mes frais, si vous voulez, conclut-il.

Sonja ne s'embarrassa pas pour répliquer.

— Je ne bois pas de vin.

— Ce pourrait être du champagne.

— Non.

— Ou un café ?

— Non plus.

Le problème était réglé.

— Je comprends, assura-t-il. Je suis sûr que vous buvez du vin ou du champagne ou du café, mais vous ne voulez pas boire avec moi, c'est ça ?

Sonja resta silencieuse, mais comme chacun sait : Qui ne dit mot consent...

Durant toute la conversation, un chien avait rôdé autour d'eux. C'était un de ces chiens à poil hirsute, à l'œil vif, qui vous posent toujours quelques énigmes insolubles, celle avant tout de la race, indéfinissable. Ses oreilles, par exemple, partaient dans des directions radicalement opposées, si bien que l'oreille gauche évoquait des ancêtres bergers allemands, alors que l'oreille droite faisait pencher plutôt pour la famille des teckels. La deuxième énigme : comment ce vilain bâtard était-il parvenu à se faire si bien traiter ? Car il était clair que cet animal était bien soigné et bien nourri. On voyait à son poil qu'il était lavé et brossé régulièrement. Et il se révéla très vite que cette créature s'appelait Moritz.

Une voiture arriva et dut freiner brutalement parce que le chien, pour lequel le trottoir ne semblait plus offrir le moindre intérêt, était descendu sur la chaussée pour aller la flairer tout à son aise. Il y eut un crissement de pneus. Un bruit de ce genre provoque toujours chez les gens les mêmes réactions.

Sonja et l'homme se retournèrent avec effroi. D'un bond, le chien avait trouvé refuge sur le trottoir.

— Moritz ! cria l'homme sévèrement. Vas-tu venir ici ! (Le chien obéit sans faire preuve d'un empressement excessif. Il ne semblait pas avoir particulièrement peur de son maître. Celui-ci le gronda :) Combien de fois t'ai-je déjà répété que tu dois rester près de moi ? Ne crois surtout pas que je vais payer des frais de vétérinaire si tu commets des imprudences !

Le chien ne parut pas prendre à la lettre les paroles de son maître et remua gaiement la queue, comme le font tous les chiens. Sonja Kronen les regardait tous deux. L'expression de son visage traduisait des sentiments mitigés.

— Il est à vous ? demanda-t-elle à cet homme qui lui était devenu franchement antipathique, après tout ce qu'il lui avait dit de son avenir professionnel.

— Hélas !

— Pourquoi hélas ? Vous ne l'aimez pas ?

— Je le hais.

Quand on voit ce bâtard, pensa Sonja, cela se comprend un peu. Pourtant, un autre sentiment s'éveilla en elle qui lui fit remarquer :

— Pauvre bête !

— Pourquoi dites-vous cela ?

— On peut s'imaginer facilement la vie que vous lui faites mener. (Sonja ne savait rien des chiens et de leur comportement vis-à-vis de leur maître, sinon elle n'aurait jamais proféré une chose pareille. Elle croyait avoir affaire à un sadique, à un de ces bourreaux d'animaux, et cela la rendait agressive. Du coup, elle se fichait éperdument de savoir si cet homme appartenait ou non à l'administration. Pour ne laisser aucun doute quant à l'opinion qu'elle se sentait le devoir d'exprimer, elle ajouta :) Un animal a besoin d'amour, non de haine.

— J'ai déjà entendu cela quelque part.

Moritz dressa les oreilles dans des directions tout à fait opposées et suivit très attentivement ce dialogue, car il devinait que l'on parlait de lui.

S'il ne s'était pas retenu, son maître lui aurait fait un clin d'œil, car Moritz lui offrait une occasion inespérée d'entrer tout de même en contact avec la jeune femme, en suscitant chez elle un nouvel intérêt, même s'il était négatif. Un intérêt négatif vaut mieux que pas d'intérêt du tout.

— Que faites-vous de votre chien quand vous partez en vacances ?

— Que voulez-vous dire ?

— On lit toujours dans les journaux qu'il y a tant de chiens malheureux, abandonnés sans vergogne par leur maître.

— Oui, mais dans ces cas-là, la S.P.A. intervient.

Cette réponse ne lui valut qu'un silence méprisant de la part de Sonja. Le regard avec lequel elle le toisa en disait long sur ce qu'elle pensait.

Moritz découvrit quelques moineaux qui s'étaient posés sur la chaussée sans raison apparente. Peut-être tenaient-ils cela de leurs ancêtres qui trouvaient autrefois dans les rues parsemées de crottin de cheval des repas plantureux.

L'homme le rappela sévèrement à l'ordre. Il avait en effet deviné ses intentions.

— Moritz ! Reste ici. (Puis il s'adressa de nouveau à

Sonja :) Vous savez, je n'aimerais vraiment pas être obligé de lui payer un vétérinaire.

Pleine d'amertume, Sonja répondit :

— Une mort rapide serait peut-être la meilleure solution pour ce chien.

— Vous croyez ?

— Puis-je vous exprimer le fond de ma pensée ?

— Je vous en prie.

— Je pense que vous devriez conduire sans tarder votre chien à la S.P.A.

— Ils ne le prendront pas sans raison valable. Et pour cette année, je n'ai même plus la possibilité à laquelle vous avez fait allusion tout à l'heure à propos des vacances.

— Vous entendez par là, repartit Sonja, que vous les avez déjà prises, vos vacances ?

— Exactement.

— J'aimerais bien savoir ce que vous avez fait de votre chien pendant ce temps-là.

— Je ne l'avais pas encore, à cette époque.

— Quelle chance pour lui !

— C'est d'ailleurs pendant les vacances que j'ai hérité de cette bête, de façon tout à fait involontaire, dois-je le préciser ?

— Inutile, c'est l'évidence même.

— Je ne sais même pas comment ce monstre s'appelait à l'origine.

Sonja le foudroya du regard.

— Monstre ! Bête ! Ces mots sont éloquents !

Celui qu'elle accusait montra Moritz du doigt.

— Mais regardez-le donc ! N'ai-je pas raison ?

Moritz remua davantage la queue. Il comprenait que l'intérêt qu'on lui portait était de plus en plus passionné.

— Le fait de l'appeler Moritz relève donc du plus pur arbitraire, poursuivit Sonja.

— Parce que, je le répète, j'ignore quel est son vrai nom.

— Et pourquoi l'ignorez-vous ?

— Parce que c'est lui qui m'a suivi un beau jour.

— Où ça ?

— A Palerme.

— A Palerme ?

Sonja se tut pendant quelques instants. Elle avait passé deux semaines en Sicile et avait eu l'occasion de voir des chiens errants. Ils n'étaient pas aussi bien traités que Moritz. Son propriétaire était manifestement quelqu'un qui le nourrissait et qui savait manier la brosse et le savon. Sonja battit en retraite.

Pendant que toutes ces pensées lui traversaient l'esprit, l'homme raconta comment les choses s'étaient produites.

— J'étais assis à la terrasse d'un café, entouré de gens du pays, et je voulais manger quelque chose. Soudain, j'entendis les gémissements d'un chien. Inutile de vous dire qu'il s'agissait de lui ! Il quémandait de la nourriture et on venait de lui flanquer un coup de pied. Un peu plus tard, je l'entendis gémir de nouveau : il avait reçu un deuxième coup de pied, puis un troisième et un quatrième. Les jets de pierres alternaient avec les coups de pied. Mais ces cabots-là sont tenaces, ça, je peux vous l'affirmer ! Finalement, il est arrivé devant moi. Je m'étais bien juré de ne rien lui donner. Mais la situation ne l'a pas permis. Je vous ai déjà dit qu'il n'y avait autour de moi que des gens du pays. J'étais le seul Allemand à la ronde. Vous savez, c'est si loin, là-bas... A Bibione, c'est exactement l'inverse. Là, vous rencontrez un Italien pour dix mille Allemands. Pas à Palerme. Et que croyez-vous que j'aie fait au moment décisif ? Ma dignité d'homme civilisé me dicta mon comportement : au lieu de lui flanquer à mon tour un coup de pied, j'ai pris quelque chose dans mon assiette et je le lui ai jeté. Je venais de commettre l'erreur fatale que je ne me pardonnerai jamais. J'avais bien entendu les mises en garde des gens autour de moi... trop tard ! Vous voyez, les gens là-bas savent parfaitement pourquoi ils ont opté pour la mentalité sicilienne et non pour la nôtre. C'est en partie à cause des chiens errants. Cette erreur m'obligea à faire appel deux fois encore au garçon, et je dus finalement quitter la table sur ma faim, pour tenter ma chance ailleurs. Vaine entreprise ! Mon pensionnaire ne me quittait plus d'une semelle, même lorsque sa faim fut apaisée et que ce fut mon estomac, et non le sien, qui gargouillait. Ce chien pensait à l'avenir, il ne voyait pas seulement la situation présente. Mon salut, ce soir-là, ne pouvait venir que de mon petit hôtel qui n'acceptait pas les chiens. Mais qui m'attendait devant l'entrée, le lendemain matin, à votre avis ? Lui ! Je décidai de ne plus rien manger du tout pour lui faciliter la séparation. Qui jeûna avec moi ? Lui ! Qui capitula le premier ? Moi ! Heureusement, c'était vers la fin de mes vacances. Mais qui se coucha devant ma voiture, lorsque je voulus repartir ? Lui ! Vous ne me croirez pas, mais je vous jure que c'est la stricte vérité. Ce chien aurait préféré se faire écraser. Pouvez-vous imaginer ma colère, ma haine ?

Sonja Kronen qui, depuis un moment déjà, ne savait plus très bien ce qu'elle devait penser de tout cela, répondit assez sèchement :

— Certainement, je peux tout à fait m'imaginer cela venant de vous. Moi, à votre place, j'aurais été émue aux larmes par tant de fidélité.

— Cela vous aurait vite passé. Ce cabot était couvert de puces. Je m'en suis rendu compte rapidement pendant le voyage. Toute la voiture était...

Sonja lui coupa la parole :

— Vous l'avez donc emmené ?

— Sinon il ne serait pas ici. Il aurait mieux aimé que je lui passe sur le corps, et ça, je n'en aurais pas eu le cœur. Pourquoi, me demanderez-vous ? Vous pensez que l'amour des bêtes n'est pas mon affaire. C'est vrai. En fait, c'est de nouveau ma dignité qui me compliquait la tâche. Car il y avait, cette fois encore, des gens du pays à proximité. Mais en chemin, lorsque des nuages de puces se sont abattus sur moi, j'ai jugé que la plaisanterie avait assez duré. J'ai mis le chien dans le coffre et les valises à l'intérieur de la voiture. Pourquoi ne me suis-je pas débarrassé de ce chien dans un endroit désert, me demanderez-vous encore ? Parce que ce n'était plus nécessaire. Je ne tenais pas à me charger d'une tâche aussi ingrate, car j'avais ma petite idée.

» Attends un peu que nous arrivions à la frontière, espèce de bâtard ! ai-je songé. Quand les douaniers allemands te découvriront sans certificat de vaccination contre la rage ou que sais-je encore, ils ne te laisseront pas passer. Ils te feront descendre de la voiture et les choses s'arrêteront là pour moi. Tu pourras alors te débrouiller tout seul pour retourner en Sicile. Tout cela, à condition, bien sûr, qu'ils m'arrêtent pour me contrôler et qu'ils ne me fassent pas simplement signe de passer. Il faut que j'y arrive, mais comment ?

» Je me dis alors qu'il n'y avait rien de plus facile. Au passage du Brenner, les Italiens et les Autrichiens m'ont effectivement fait signe de passer, comme on pouvait s'y attendre, pourrait-on presque dire. Mais les Allemands, eux, ont été sérieux. Toutes les voitures devaient faire halte et on demandait aux gens s'ils avaient quelque chose à déclarer. En prenant mon air le plus impénétrable, je répondis : “ Oui, de l'héroïne. — Bien sûr, dit le douanier en ricanant, dans le coffre, n'est-ce pas ? Ben voyons ! ”

» Mais ce ne fut pas tout ! Il me fit signe de continuer ma route. Je lui demandai de vérifier si je disais vrai. “ Allons, ne nous faites pas perdre notre temps ! — Je vous assure que ce n'est pas le cas ! ”

» Je commençais à transpirer. Derrière moi s'élevait un concert de klaxons. Le douanier s'impatienta. “ Démarrez donc, bon Dieu, ne bloquez pas toute la circulation ! ”

» Que pouvais-je faire d'autre ? Je ne pouvais que me plier aux exigences de ce représentant de la loi. Vous voyez, mademoiselle, c'est ainsi que Moritz s'est fait naturaliser. Je n'ai pas pu m'y opposer.

Il était évident maintenant qu'il se moquait d'elle.

— Vous vous payez ma tête ! déclara Sonja Kronen, sans se montrer pour autant le moins du monde vexée.

Au contraire, elle souriait.

— Si vous avez pu avoir cette impression, je vous présente toutes mes excuses.

Moritz leva la tête et regarda Sonja. Ses yeux parlaient pour lui.

— Vous voyez, dit son propriétaire, il s'associe à ma demande.

Le regard du chien ne resta pas sans effet. Sonja se laissa conquérir par son charme.

— C'est un bon bougre, remarqua-t-elle au bout d'un moment.

— Vous voulez le prendre ?

D'un seul coup, la glace qui s'était rompue entre eux se reforma.

— Vous seriez capable de le donner comme ça ? répliqua-t-elle, courroucée.

— Pas tout à fait.

— Que voulez-vous dire ?

— Nous pourrions le partager.

— Allons donc !

— Sérieusement !

— Et comment vous imaginez-vous la chose ? Vous voulez peut-être que nous le prenions à tour de rôle pour une semaine ?

— Non, pas exactement.

— Comment voulez-vous faire, alors ?

— Réfléchissez un peu…

Il y eut un silence.

Est-ce qu'il est fou ? se demanda Sonja. Ou fallait-il considérer cela comme des avances ? Voulait-il vivre avec elle ? Voulait-il par là lui proposer une liaison durable ? Si c'était cela, il était vraiment fou à lier !

— Je dois partir, assura-t-elle.

— Où ça ?

Elle le foudroya du regard.

— Pardonnez-moi, s'excusa-t-il, je vous demande cela parce que je vous accompagnerais volontiers.

— C'est impossible.

— Pourquoi ?

— Je vais dans ce magasin, précisément.

L'homme montra du doigt le magasin devant lequel ils se trouvaient.

— Dans celui-là ?

— Oui.

Il regarda sa montre.

— Il est trop tôt, c'est encore fermé.

— J'entrerai tout de même, il suffit que je frappe à la porte. (Son étonnement était à son comble, à en juger par la tête qu'il faisait. Sonja poursuivit :) J'ai là une amie qui m'ouvrira. Au revoir, ajouta-t-elle sur un ton on ne peut plus clair.

Comme s'il n'avait pas entendu, il répondit :

— Je viens avec vous.

Sonja ne bougea pas. Moritz, en éclaireur, s'était dirigé vers la porte du magasin. Il semblait savoir parfaitement comment les choses allaient se passer.

Sans quitter Sonja d'une semelle, l'homme justifia sa décision :

— Je voudrais dire à votre amie qu'elle doit indiquer les prix dans sa vitrine.

C'était donc bien ça ! Cet homme était un inspecteur de la concurrence et des prix. Sonja avait vu juste et ses craintes commençaient à se préciser.

— Je peux lui faire la commission, proposa-t-elle.

— Non, c'est moi qui en ai eu l'idée le premier. Souvenez-vous, c'est moi qui ai découvert l'infraction et je vous l'ai même fait remarquer.

Sonja soupira. Il n'y avait rien à faire pour se débarrasser de cet homme.

Il va donc falloir, pensa-t-elle, que je supporte cette comédie jusqu'au bout, en espérant qu'elle finira bien ! Mais comment vais-je m'y prendre ? Comment vais-je pouvoir faire comprendre la situation à Véra ?

En effet, la situation était éminemment délicate. Le temps pressait. Mais Moritz allait être sa planche de salut. Une odeur irrésistible sur le montant de la porte le poussa à lever la patte...

Sonja poussa un petit cri aigu.

— Moritz !

Moritz eut une hésitation.

— Moritz ! (Cette fois, il s'agissait de la voix grave de son maître.) Cesse, sacré cabot ! Fiche-moi le camp, et un peu plus vite que ça ! Ma patience est à bout, ça ne peut pas continuer ainsi !

Ce n'est qu'à contrecœur que Moritz baissa la patte. Il se mit en quête d'un arbre contre lequel il pourrait assouvir ce besoin pressant. Mais les arbres se trouvaient de l'autre côté de la rue. En Sicile, les choses étaient plus simples !

En tout cas, le propriétaire de Moritz dut attendre qu'il eût résolu son problème. Sonja Kronen vit là une chance inespérée et agit rapidement. Elle frappa à la porte, on lui ouvrit, et elle se glissa à l'intérieur.

— Véra, chuchota-t-elle rapidement, écoute...

Son amie Véra était très différente d'elle, même si elle avait un charme hors du commun, elle aussi. Alors que Sonja était blonde, Véra avait des cheveux de jais. Tandis que Sonja regardait le monde de ses yeux bleus, Véra les avait bruns. Si Sonja était relativement grande et mince, Véra, elle, était petite et menue. Sonja avait un visage ovale, celui de Véra était rond. La peau de Sonja était claire, celle de Véra, au contraire, était plus mate, si bien qu'elle donnait l'impression d'être bronzée toute l'année. On devinera aisément d'après cette description que Véra était plus vive, ce qui ne signifie pas que Sonja manquait de tempérament. Simplement, Sonja était une nature plus secrète.

Les deux jeunes femmes étaient d'excellentes amies. Véra travaillait pour une société de distribution cinématographique. Les hommes la courtisaient, et ils avaient plus de chance avec elle qu'avec Sonja. Véra était en vacances et n'avait pas hésité une seconde à aider Sonja dans l'installation de son magasin, surtout durant les derniers jours, qui avaient été particulièrement éprouvants. Comme elle habitait en banlieue, elle avait dormi sur un lit de camp dans le magasin et venait tout juste de terminer sa toilette.

Sonja lui expliqua en quelques mots qu'un homme allait arriver, probablement un inspecteur du contrôle des prix, et qu'il allait rouspéter à cause des prix qui n'étaient pas affichés. Elle lui expliqua que les choses pouvaient mal tourner et qu'il fallait donc que Véra use de tous ses charmes pour amadouer cet homme. Il fallait éviter qu'il n'apprenne que Sonja était la propriétaire du magasin. Elle ajouta qu'il était accompagné d'un chien.

— Pourquoi ne doit-il pas savoir que c'est toi la propriétaire du magasin ? demanda Véra, étonnée.

— Je t'expliquerai ça plus tard, répondit Sonja sans quitter la porte des yeux.

— Tu ne veux tout de même pas que je me fasse passer pour la propriétaire, Sonja ?

— Je ne te demande pas cela. Dis simplement qu'elle n'est pas encore arrivée.

C'était en effet une solution. Véra hocha la tête.

— Tu dis qu'il a un chien ?

— Oui.

— Bizarre !

— Oui, je trouve aussi. Les fonctionnaires sont de plus en plus étranges.

— Il est accompagné d'un chien dans l'exercice de ses fonctions ? Il est fou, ma parole !

— Je ne sais pas, moi. Il me faut avouer qu'il m'a fait effectivement une drôle d'impression.

— Pourquoi ?

— Je te raconterai ça aussi, mais plus tard. Et surtout, fais tout ce que tu pourras pour l'apaiser.

— Avec mon charme, tu disais ?

— Et ta sensualité...

C'en fut trop pour Véra. Elle se défendit :

— Non, non, pas un vieux fonctionnaire grisonnant ! Ce n'est pas du tout mon style.

— Attends un peu avant de juger.

— Pourquoi ? Il est différent, celui-là ?

— Attends un peu, répéta Sonja.

— Tu aiguises ma curiosité. A quoi ressemble-t-il ?

Sonja regarda de nouveau en direction de la porte qui s'ouvrit juste à ce moment-là.

— Le voilà ! chuchota-t-elle.

Le premier à faire son entrée fut Moritz. Il se dirigea vers Sonja qu'il connaissait déjà. Ensuite, il regarda Véra, ne remuant toutefois que modérément la queue. Il lui semblait qu'il n'y avait que peu de chose à attendre de cette jeune femme, et il en eut d'ailleurs aussitôt la confirmation.

— Qu'est-ce que c'est que ça ? s'exclama Véra. Un chien ?

Moritz se détourna.

— Bonjour, dit son propriétaire à Véra.

Elle changea immédiatement d'attitude.

— Bonjour !

L'expression de son visage n'avait plus rien à voir avec celle dont elle avait gratifié le chien.

Il paraît que Napoléon, quand il a vu Goethe pour la première fois, s'est écrié :

— Voilà un homme !

On ne sait pas très bien s'il l'a dit avec ou sans point d'exclamation. Les Français soutiennent qu'il n'y en avait pas, les Allemands affirment le contraire.

Véra, en tout cas, était à deux doigts de prononcer quelque chose d'approchant. Voilà un homme, un vrai ! Et avec un point d'exclamation, cette fois.

— Vous êtes la propriétaire de ce magasin ? demanda-t-il à Véra.

— Non, répliqua-t-elle avec un grand sourire.

— Ah bon ! Elle n'est donc pas encore arrivée ?

— Si, elle est là. (Sonja sursauta.) Mais elle est occupée pour le moment.

— Je suppose que votre amie vous a déjà expliqué ce dont il s'agit, poursuivit-il.

Véra le regarda d'un air espiègle.

— Non.

— Vous avez oublié d'indiquer les prix en vitrine. Dites-le à votre patronne, sinon elle pourrait avoir des ennuis.

— Entendu, acquiesça Véra, et sa bouche se fit plus sensuelle. Mais je ne crois pas que ce soit nécessaire.

— Vous croyez qu'elle s'en est rendu compte elle-même ?

— Certainement.

Sonja intervint.

— Je te connais, Véra, je suis sûre que tu régleras ce problème sans tarder avec la propriétaire.

Véra hocha la tête.

— Sans tarder, promis.

Elle ne regardait pas Sonja, mais l'homme, et avec des yeux qui montraient qu'elle était prête à aller beaucoup plus loin que sa promesse.

— Bon, conclut-il, voilà une bonne chose de faite ! Ces types-là sont plutôt mauvais, vous savez.

— Quels types ? s'écrièrent Sonja et Véra d'une seule voix.

— Les inspecteurs des prix. (Les deux jeunes femmes se jetèrent un regard, puis se tournèrent vers lui. Il poursuivit :) Et puis la concurrence pourrait profiter de l'occasion pour vous dénoncer.

La première à retrouver un peu ses esprits fut Véra.

— Quelle est l'administration qui vous envoie ?

— Moi ?

— Oui, vous !

— Qu'est-ce qui vous fait croire que je fais partie de l'administration ?

— Pourquoi ? Ce n'est pas le cas ?

— Jamais de la vie !

Il y eut une petite pause, puis tous trois éclatèrent de rire. Moritz parut apprécier cet instant de gaieté. Il venait d'inspecter minutieusement tout le magasin et n'y avait rien découvert de divertissant. Il n'y avait pas ici les merveilleuses odeurs siciliennes, à commencer par celle de l'ail qui imprégnait tous les magasins là-bas, même les boutiques de modes.

— Moritz, lui déclara son maître, on a peur de nous ici, imagine-toi un peu !

En guise de réponse, Moritz regarda en direction de la porte, ce qui signifiait : « Viens, allons-nous-en. J'en ai assez d'être ici. »

— Franchement, affirma Véra, j'avais du mal à imaginer que vous puissiez nous créer des ennuis.

— Mais qui diable vous a mis cette idée en tête ?

Véra fit un signe en direction de Sonja.

— Elle.

— Par transmission de pensée ?

— Que voulez-vous dire ?

Il sourit.

— Vous prétendiez tout à l'heure que vous n'aviez pas parlé de cela avant mon arrivée.

— Et vous l'avez cru ?

— Pas un seul instant.

Ils se mirent de nouveau à rire tous les trois, mais cette fois-ci, sans la moindre participation de la part du chien. Moritz trotta vers la porte ; il en avait vraiment assez.

— Il s'appelle Moritz ? questionna Véra.

— Oui, et c'est un affreux cabot. Je vois à votre tête que vous êtes d'accord avec moi.

— Comment avez-vous eu l'idée de l'appeler comme ça ?

— C'est une longue histoire, répliqua l'homme en riant. Quand j'ai dû me rendre à l'évidence que nos destins étaient irrémédiablement enchaînés l'un à l'autre...

Véra lui coupa la parole :

— Enchaînés ?

— Je t'expliquerai cela plus tard, intervint Sonja.

— Une fois donc que j'en ai eu la certitude, continua-t-il, je n'ai rien trouvé de mieux que ce nom. Comme s'il n'y en avait pas d'autre possible. Peut-être vous contenterez-vous de cette explication.

— Non, je ne comprends pas, fit Véra. Ou bien est-ce que vous vous appelez Moritz, par hasard ? (Il fit signe que non.) Comment vous appelez-vous, alors ?

— Max (1).

Les rires fusèrent de nouveau.

Max... comment ? se demandèrent Véra et Sonja.

Mais il n'en dit pas plus. Il ne voyait visiblement pas l'intérêt de ce complément d'information qu'attendaient les deux jeunes femmes. Il se taisait.

Moritz commençait à s'impatienter. Il gémissait près de la porte. Max interrogea Sonja du regard, ce qui voulait dire probablement : « Nous partons ? »

— Je vais rester un moment avec mon amie, décréta Sonja.

A sa place, je ne serais pas aussi bête, pensa Véra en entendant ces mots.

Max haussa les épaules pour montrer sa déception.

— Bon, conclut-il, il ne me reste plus qu'à prendre congé. Faites de bonnes affaires... (S'adressait-il à Véra ou à Sonja ? Impossible de le savoir.) Au revoir. J'ai été très heureux de faire votre connaissance.

Et là aussi, il était difficile de savoir s'il pensait à Sonja ou à Véra. Ou peut-être aux deux ?

Une fois dehors, le chien se conduisit comme s'il venait de retrouver la liberté après un séjour de dix ans au fond d'un cachot obscur, ce qui obligea son maître à lui accorder de nouveau toute son attention.

Dans le magasin, Véra dit à Sonja :

— Quelle cruche tu fais !

— Pourquoi ?

— Tu n'as pas compris ce qu'il voulait ?

— Si. Coucher avec l'une de nous deux.

— Avec toi.

— Non, avec toi.

— Cela n'aurait pas été pour me déplaire, mais il me semble que c'est plutôt toi qui l'intéresses.

— C'est le genre de types qui n'ont que cela en tête, crois-moi. La proposition qu'il m'a faite tout à l'heure, il aurait tout aussi bien pu te la faire à toi.

(1) Référence à *Max et Moritz,* deux personnages célèbres pour leurs facéties dans l'œuvre de même nom. *(N.d.T.)*

Les yeux de Véra se mirent à briller.

— Quelle proposition ? Raconte !

— Après, quand nous aurons mis ces satanées étiquettes dans la vitrine !

Moritz et son maître s'approchèrent d'un petit café qui ouvrait tôt le matin. Moritz marchait devant. Il savait parfaitement où il allait et semblait connaître le chemin. Tous deux étaient à cette époque des habitués de ce charmant bistro. Max était célibataire et prenait ses repas au dehors. Moritz, contraint de suivre son maître, avait l'art de s'attirer partout les faveurs des serveurs et des cuisiniers. Il s'était ainsi débarrassé, dans sa patrie d'adoption, du problème le plus important qui l'avait oppressé dans son pays d'origine.

Il y avait sept tables minuscules dans ce café qui avait nom *Le Sérail*. C'était un nom quelque peu présomptueux, mais le café et les petits pains qu'on y dégustait étaient excellents et c'est ce qui importait à Max, d'autant plus que les prix étaient tout à fait raisonnables. Un vieil homme, qui s'assurait ainsi un complément à sa retraite, faisait office de serveur. Sa santé le lui permettait. Il avait cependant un handicap : il se nommait M. Vieux. Les relations amicales qui existaient entre lui et ses clients excluaient complètement qu'on l'appelât « Garçon ». Mais comme il n'était ni très rapide ni très efficace, il était impossible de l'appeler « Monsieur Vieux » ; à certains moments, cela aurait eu une connotation intolérable. Les clients, et même les plus jeunes d'entre eux, n'avaient donc pas d'autre choix que de recourir à son prénom : Augustin.

— Bonjour, messieurs, dit le vieux serveur comme à l'accoutumée lorsque Max et Moritz firent leur apparition. Ce sera comme d'habitude ?

— Bonjour, monsieur Augustin. Comme d'habitude, oui.

Ils s'assirent à leur place habituelle, Max à une table située entre les deux fenêtres de la salle, Moritz à ses pieds.

Ordinairement, le serveur partait immédiatement chercher la commande. Mais, ce jour-là, ce ne fut pas le cas. Il resta planté devant eux et regarda l'horloge fixée au mur. Ce n'était pas un coup d'œil discret, mais un regard plutôt soutenu. M. Augustin s'en sentait le droit.

— Excusez-moi, monsieur Augustin, nous avons été retardés.

— D'une bonne demi-heure, constata le serveur.

— De presque trois quarts d'heure, reconnut Max.

— Rien de désagréable, j'espère ?

Max sourit.

— Non, rassurez-vous, monsieur Augustin.

— Quelque chose d'agréable, donc ?

— Oui, monsieur Augustin.

Le serveur attendait des explications plus détaillées, mais il resta sur sa faim, car son client se contentait de sourire, l'air rêveur. Il semblait vouloir garder le silence. Légèrement vexé, Augustin se dirigea vers la cuisine. Lorsqu'il revint avec son plateau chargé, il déclara à Max :

— M. Erdmann aussi a regretté votre absence.

— Je suis désolé.

— Il avait apporté quelque chose à manger pour Moritz.

— Et pourquoi ne vous l'a-t-il pas laissé ?

— C'est-à-dire que nous ne savions pas au juste si vous alliez venir plus tard.

Le chien se tenait devant le serveur et remuait la queue. Il avait quitté sa place sous la table à l'énoncé de son nom.

— De toute façon, je commençais à me lasser de la sollicitude dont tout le monde fait preuve pour ce chien. Il s'en sort très bien avec moi, vous savez.

— Est-ce que vous entendez par là que vous voyez ma contribution dans ce domaine d'un mauvais œil ? J'espère bien que ce n'est pas le cas !

La voix d'Augustin s'était presque teintée d'agressivité, ce qu'il n'aurait pas dû se permettre en tant que serveur.

Max s'empressa de le rassurer.

— Non, monsieur Augustin, vous, vous êtes une exception. Je sais fort bien que je me mettrais dans une situation délicate avec vous.

— Et avec Moritz ! ajouta le serveur en pesant ses mots.

— Oui, oui, je sais, rétorqua Max en riant. Il faut prendre garde à votre amitié. Vous souvenez-vous encore du jour où vous l'avez vu pour la première fois ?

— Non, répondit le serveur d'un ton brusque.

— Moi si, monsieur Augustin. Vous étiez tout simplement scandalisé, et tout le monde avec vous, ici. M. Erdmann voulait changer de table et trouva auprès de vous un appui sans faille.

— Vous faites allusion au premier jour où vous parliez vous-même des nuages de puces — vous avez bien dit des « nuages » de puces, n'est-ce pas ? — contre lesquels vous aviez dû vous défendre dans la voiture ?

Max regarda son chien en riant.

— Avec lui, c'est toujours la même chose. Toujours des ennuis. Justement, aujourd'hui...

— Ce matin ?

— Oui, ce matin. Il a terrorisé deux jeunes femmes !

Cette allusion attisa la curiosité de M. Augustin.

— C'est à cause d'elles que vous aviez trois quarts d'heure de retard ?

— Oui.

— Elles devaient être bien jolies...

— Est-ce que par hasard vous auriez un don de voyance, monsieur Augustin ? interrogea Max en plaisantant. D'où tenez-vous cela ?

— Je vous connais, maître.

— Monsieur Augustin !

— S'il vous plaît ?

— Comment dois-je interpréter vos paroles ? Me considérez-vous comme un don Juan ou quelque chose de ce genre ? Un « tombeur », comme on dit de nos jours ?

— Non, non, maître, je me permets simplement de

considérer que vous n'êtes pas homme à perdre du temps avec des laiderons qui choqueraient votre sens de l'esthétique.

— C'est joliment tourné, monsieur Augustin. Vous êtes un homme intelligent et avisé, et à ce titre… (Max s'interrompit)… j'aimerais bien vous demander conseil. Je peux ?

— Mais certainement !

— Que doit faire un homme doté d'un sens aigu de l'esthétique qui rencontre deux jeunes femmes particulièrement jolies, qui éprouve une préférence pour l'une d'elles, laquelle lui fait clairement comprendre qu'il n'a aucune chance ?

— Vous me demandez ce qu'il doit faire ?

— Oui.

— Il ne croit pas ce qu'elle raconte.

— Si, si, il est bien obligé de la croire.

— Ah ?

— Hélas !

M. Augustin se gratta le front, l'air pensif.

— C'est un cas difficile. Il faudrait que je remonte bien loin dans mes souvenirs pour trouver une expérience analogue.

Max le laissa réfléchir.

— Et l'autre, qu'en est-il ? s'enquit finalement le serveur.

— Quelle autre ?

— La deuxième jolie fille. Et si cet homme pouvait trouver du répondant chez celle-là ?

— Et alors ?

— Le problème serait plus simple.

— Pourquoi ?

— Parce qu'elle pourrait servir d'atout contre l'autre. Cela m'a fort bien réussi un jour, dans une de mes péripéties.

Max secoua la tête.

— Mais aujourd'hui, ça ne marchera pas, monsieur Augustin.

— Et pourquoi, maître ?

— Parce que l'homme en question ne s'intéresse pas le moins du monde à la deuxième jeune femme.

— Ce n'est pas du tout nécessaire. Il suffit qu'elle s'intéresse à lui...

Max revit en pensée la scène, le visage de Véra. Il repensa à certaines choses et se crut alors en mesure d'affirmer :

— Monsieur Augustin, il y a peut-être moyen d'y arriver.

— Vous voyez bien !

— Merci beaucoup, monsieur Augustin.

— Je vous en prie, maître.

Max allait enfin s'attaquer à son petit déjeuner, mais le serveur l'arrêta, enleva le plateau sous le nez de son client en déclarant :

— Non, laissez cela, le café doit être froid, depuis le temps ! Je vais vous en chercher un autre.

— Mais c'est ma faute, s'il est froid, laissez...

— Non. (C'était un « non » catégorique. M. Augustin tourna les talons et emporta le plateau. En partant, il fit signe à son ami :) Viens, Moritz ! Voyons un peu ce que nous pourrons te trouver...

— C'est nouveau, ça ! s'écria Max. Le voilà qui emmène le chien à la cuisine. Mais c'est interdit !

S'il espérait être écouté, il ne pouvait qu'être déçu. Ni M. Augustin ni Moritz ne se crurent obligés de lui accorder le moindre regard.

Plusieurs jours passèrent.

Sonja Kronen commençait à paniquer. Certes, elle avait modéré ses ambitions professionnelles et ne s'attendait pas à voir les gens se précipiter dans son magasin dès le premier jour, mais elle n'aurait jamais imaginé que les choses seraient si difficiles. En une semaine elle n'avait vendu qu'une seule robe et quelques babioles — trois chemisiers, deux pulls, deux pantalons et des bas.

— Si les choses continuent comme ça, assura Sonja au début de la deuxième semaine à Véra, la prophétie de cet homme se vérifiera plus rapidement qu'il ne le croyait lui-même.

En fait, les vacances de Véra étaient déjà terminées, mais il lui restait encore quelques jours à prendre de l'année précédente et elle avait décidé de demeurer pour soutenir Sonja, moralement surtout.

— Sonja, je trouve que tu n'as aucune raison de te décourager pour le moment. Tu ne vois pas toutes ces femmes qui s'arrêtent devant ton magasin ?

— Mais elles n'entrent pas.

— Il y en a qui sont entrées.

— Oui, mais trop peu. (Sonja se passa la langue sur ses lèvres desséchées.) Véra, mon plus grand problème, c'est qu'il ne me reste pas assez d'argent pour que je puisse me permettre une telle traversée du désert. Tu me diras que j'aurais pu y penser plus tôt et que tout le monde m'avait prévenue...

— Sonja, je...

— Véra, ne me raconte pas d'histoires ! Je sais parfaitement ce que tu penses en ce moment. Et tu n'as que trop raison. Ah ! si seulement je t'avais écoutée !

Véra réagit énergiquement.

— Sonja, cesse de paniquer comme ça ! Tu ne feras que précipiter le danger dont tu parlais.

— Tu aurais dû l'entendre quand il me prédisait ma perte !

— Ne t'occupe pas de lui, répondit Véra pour remonter le moral de son amie. Cet imbécile n'a qu'à s'occuper de son chien, cela devrait lui suffire. Peut-être en a-t-il encore un autre chez lui. Un être qui s'entoure de cabots de cette espèce ne comprend rien à la mode !

— Mes robes lui ont plu.

— Ah, je t'en prie, n'insiste pas ! A mes yeux, cela ne peut que leur faire du tort, à tes robes !

De l'intérieur du magasin, on apercevait la rue à travers la porte vitrée. C'était la fin d'après-midi. La rue était noire de monde, les gens rentraient de leur travail. Un chien se frayait un chemin à travers la foule. Les deux jeunes femmes l'auraient sans doute reconnu si elles avaient pu le voir. Mais il était encore trop loin.

— Véra, je ne peux vraiment pas accepter que tu perdes ton temps ici à cause de moi. Au train où vont mes affaires, ajouta Sonja amèrement, cela ne vaut vraiment pas la peine.

— Ne dis pas de bêtises ! Ça m'amuse. Et pourtant, il y a tout de même quelque chose qui me manque...

— Quoi donc ?

— J'aimerais bien me faire inviter à dîner par ma patronne un de ces soirs. De nos jours, c'est une sorte de droit acquis pour les employés. Et si la patronne a des problèmes de gros sous, je pourrais...

— Il ne manquerait plus que ça ! l'interrompit Sonja en riant. Tu te tues au travail ici et tu voudrais en plus te mettre sur la paille ! Non, non, ma chère, mon budget doit pouvoir encore supporter cela. Quand es-tu libre ?

— Pour dîner ?

— Oui.

— Attends un peu que je réfléchisse... Cette semaine, en vérité, je serai libre tous les soirs. Demain, après-demain...

— Moi aussi, demain ou après-demain.

— Disons après-demain. De cette façon, ce soir, je pourrai écrire à ma mère. Cela fait une éternité qu'elle n'a pas eu de mes nouvelles.

— Bon, Véra, c'est d'accord pour mercredi.

— Je suis ravie, Sonja. Où irons-nous ?

— Il faut que j'y réfléchisse. Nous pourrions aller...

Sonja se tut tout à coup. Elle regardait la porte en écarquillant les yeux.

— Mais c'est le cabot de l'autre jour ! s'exclama Véra qui avait suivi le regard de Sonja.

Moritz flairait consciencieusement le montant de la porte, sans retrouver toutefois cette odeur dont il gardait un si merveilleux souvenir. Ce doux parfum s'était envolé, un autre l'avait remplacé. Par habitude, Moritz leva tout de même la patte...

— Non ! s'écria Véra en se précipitant vers la porte.

Mais Moritz avait disparu avant qu'elle n'arrive. Il avait découvert, dix mètres plus loin, dans la jungle des jambes humaines qui déambulaient sur le trottoir, une ravissante chienne de berger accompagnée d'un policier. Cette chienne constituait une priorité absolue pour Moritz, et c'est la raison pour laquelle sa patte s'était abaissée toute seule.

Le policier et sa bête rentraient du travail, comme la plupart de ceux qui animaient la rue à cette heure de la journée. Tous deux avaient tenté de rattraper un cambrioleur qui avait essayé de gagner sa croûte en plein jour, mais ils étaient revenus bredouilles, la trace du délinquant s'étant perdue sur l'asphalte. On peut aisément imaginer l'humeur des deux gardiens de la loi... Moritz n'eut aucun succès et se fit promptement rabrouer.

— Fiche-moi le camp, sale bâtard ! s'entendit-il dire par le policier.

La chienne, pour sa part, se mit à grogner férocement en découvrant une denture qui, à vue d'œil, était de loin supérieure à celle d'un chien errant sicilien. Pour s'en convaincre, il aurait fallu la mettre à l'épreuve, mais les choses n'allèrent pas jusque-là, bien que Moritz eût volontiers éclairci ce mystère. Il ne supportait pas les vexations et n'aimait pas que l'on mette ainsi à mal l'honneur d'un chien du Sud.

— Moritz ! Viens ici, animal !

C'était la voix de son maître.

Moritz abandonna la chienne à contrecœur, faisant appel à toute sa volonté pour obéir.

« Tu as eu de la chance, pour cette fois... » semblait dire son regard.

Après la disparition du chien, Sonja s'était écriée dans le magasin :

— Etait-ce vraiment lui, Véra ?

— A coup sûr !

— Dans ce cas, son maître n'est pas loin.

— Probablement, acquiesça Véra dont les yeux commençaient à briller.

— Qu'est-ce qu'il vient faire par ici, Véra ?

— On verra bien.

— Si ça se trouve, il ne fait que passer par hasard.

— J'espère bien que non.

— Véra, qu'est-ce que ça signifie ? Tu ne disais pas la même chose il y a deux minutes.

— Vraiment ?

— Je t'assure ! (Sonja ne quittait pas la porte des yeux.) S'il vient vraiment ici, il ne faut pas qu'il me voie. Je dois me cacher. Tu te rappelles la comédie que nous lui avons jouée ?

— Oui, je m'en souviens.

— Je dois absolument me cacher, répéta Sonja, quand, tout à coup, une ombre se profila à l'entrée.

La jeune femme disparut promptement derrière un rideau au fond de la pièce. Il n'y avait pas de porte ; seul ce rideau séparait le magasin lui-même d'un réduit minuscule qui servait de bureau. De cette façon, on pouvait suivre des deux côtés du rideau ce qui se disait dans l'autre partie de la pièce.

— Vous désirez ? demanda Véra à Max, après l'avoir salué de son plus éclatant sourire.

— Comment allez-vous ?

— Merci, je vais bien. Et vous ?

Il haussa les épaules.

— Couci-couça. Vous savez, mon problème, c'est que je vis seul. Personne ne s'occupe de moi.

Véra fit preuve d'une compassion modérée et répondit :

— Vous n'êtes pas vraiment seul.

— Ah bon ?

Véra désigna le chien qui s'était assis entre elle et Max et qui semblait s'intéresser au rideau du fond.

— Ah ! lui ! jeta Max, l'air contrarié. Il ne me vaut que des ennuis. Il y a deux minutes à peine, il voulait se battre. Je suis arrivé juste à temps pour l'en empêcher.

— Et il a bien failli nous laisser sa carte de visite !

Véra n'aimait pas Moritz. Cette dénonciation qu'elle avait laissé échapper en était une preuve flagrante. Moritz, de son côté, ne lui portait pas un amour immodéré. Il y avait entre eux une antipathie viscérale depuis le moment où ils avaient fait connaissance une semaine plus tôt.

Véra n'hésita pas à ajouter :

— J'espère qu'il n'aura pas l'idée saugrenue d'accomplir ici ce qu'il n'a pas eu le temps de faire dehors tout à l'heure.

— S'il faisait ça, je le tuerais! Mais, à propos, pourquoi votre patronne ne met-elle pas des crochets à l'extérieur pour que ses clients puissent attacher leur chien ? Cela se fait couramment.

— Vous avez raison.

— Dites-lui de le faire.

— Vous allez devenir notre ange gardien ! s'esclaffa Véra. Vous détectez toutes nos négligences.

— Remarquez que ces crochets ne sont pas obligatoires, répondit Max en riant à son tour. Pour les prix dans la vitrine, en revanche, vous risquiez une amende.

— Pas moi, ma patronne.

— Oui, elle. (Il ne riait plus. Il jeta un coup d'œil autour de lui.) Elle va bientôt regretter tout l'argent qu'elle a mis ici.

— Pourquoi ?

— Parce qu'elle va devoir fermer boutique.

Moritz se leva brusquement à ce moment-là et dressa l'oreille. Il avait entendu un bruit bizarre qui semblait venir de derrière le rideau qu'il observait déjà depuis un moment. C'était comme le son d'une voix humaine. On aurait dit un cri de colère ou quelque chose d'approchant.

Véra et Max n'avaient rien entendu. Ils auraient dû pour cela avoir l'ouïe fine d'un chien.

— Assis, Moritz ! cria Max.

Le chien se rassit de mauvais gré. C'était l'une des expressions qu'il haïssait le plus dans cette langue étrangère qu'il avait dû apprendre. Mais son attention resta fixée sur le rideau.

— A votre place, reprit Max, je me mettrais en quête d'un autre travail sans perdre une minute.

— Je ne suis pas aussi pessimiste que vous.

— Si, si, croyez-moi, cela va mal finir ! C'est d'ailleurs ce que j'ai signifié à votre amie.

— Oui, elle m'en a parlé.

— Comment va-t-elle ?

— Mieux qu'elle ne le pense.

— Que voulez-vous dire ? (Max eut l'air soucieux.) Est-elle malade ?

— Pas physiquement. Plutôt moralement. Elle se fait des idées.

— A-t-elle un chagrin d'amour ?

— Pas du tout.

Max ne semblait pas s'intéresser à d'autres explications éventuelles puisqu'il ajouta :

— Je ne vous retarde pas, n'est-ce pas ?

— Non, non, riposta-t-elle promptement. Je suis à votre disposition. Vous ne m'avez pas encore dit ce que vous désiriez. En quoi puis-je vous être utile ?

— En rien, en rien. (Il fit un sourire gêné.) Je passais là par hasard. Y a-t-il obligation d'achat, dans ces cas-là ?

Il n'y a pas la moindre obligation d'achat, pensa Véra, mais je vais m'arranger pour que tu te sentes un peu sous pression.

— Absolument pas, répliqua-t-elle. Pas pour vous. Vous seriez d'ailleurs bien embarrassé avec ce que nous vendons, puisque vous vivez seul. (Il hocha la tête.) Ou bien y a-t-il quand même quelque part une jeune dame qui attend que vous lui fassiez un cadeau ? (Il fit signe que non.) Vous n'avez pas de petite amie ?

— Non.

— Pas de sœur non plus ?

Cette question l'étonna.

— Une sœur ?

— Oui.

— C'est vrai, j'ai une sœur, mais je ne lui ai encore jamais rien offert.

— C'est classique ! Elle est jolie ?

— Charmante.

— Eh bien, voilà l'occasion de le lui faire remarquer !

— Je vous en prie, je suis son frère !

— Cela ne vous coûterait pas grand-chose, même si vous êtes son frère.

Max réfléchit quelques secondes, puis il déclara, la mine réjouie :

— Vous avez raison, après tout. Pourquoi pas ? Elle n'en croira pas ses yeux quand elle ouvrira le paquet. Elle vit en Suisse. Elle s'est mariée là-bas. Que me conseillez-vous ?

— On peut mettre des tas de choses dans un paquet, repartit Véra en souriant. Que diriez-vous de quelques pierres précieuses ?

— Grand Dieu ! s'écria-t-il, l'air horrifié.

— Seulement voilà, nous n'en vendons pas, fit-elle pour apaiser ses inquiétudes. En revanche, nous vendons par exemple des gants qui pourraient lui convenir.

— Des gants ?

— Nous n'avons pas un choix immense, mais il est de qualité.

— Faites voir un peu...

Véra lui montra tout ce que le magasin possédait en fait de gants. Il n'y avait guère qu'une dizaine de paires différentes, mais Véra n'avait vraiment pas menti pour ce qui était de la qualité. Elle avait un talent inné de vendeuse ; toutefois, ce choix restreint limitait singulièrement ses possibilités.

— Quelle taille ?

Il sembla hésiter.

— Comment voulez-vous que je le sache ?

— A peu près ?

Il haussa les épaules, puis son regard tomba sur les mains de Véra qui reposaient sur le comptoir. Il parut soulagé.

— Elle doit avoir la même taille que vous. Oui, exactement la même taille, je crois.

— Vous êtes sûr ?

Il hocha la tête et regarda Véra droit dans les yeux.

— Oui, maintenant je me souviens qu'elle a de très belles mains.

Véra n'était pas insensible à ce genre de compliments qui n'avaient rien de grossier ni d'indiscret.

Ah, pensa-t-elle, si seulement c'était à moi qu'il s'intéressait, et non à Sonja ! Et si mon instinct me jouait des tours ? Je serais bien contente !

Parmi ce choix limité, Max ne vit que deux paires dont la taille semblait convenir : l'une en maroquin rouge, l'autre en chevreau vert.

Véra promena son regard sur les paires de gants étalées.

— Je ne connais pas votre sœur, mais personnellement, j'aime bien le rouge ou le vert pour les articles en cuir.

— Ceux-ci conviendraient bien, décréta Max en désignant du doigt une paire marron, sans se rendre compte qu'ils étaient bien trop grands.

Véra le regarda avec un peu de condescendance.

— Comme vous voudrez, mais vous devez savoir que les tiroirs des dames regorgent de gants noirs ou marron. Ce sont des couleurs passe-partout, que voulez-vous !

— C'est vrai, ce que vous dites. (Il se saisit des gants rouges.) Je prends ceux-là. (Son regard s'arrêta sur la paire verte.) Ou bien ceux-là ? (C'était à Véra de décider.) Qu'en pensez-vous ? lui demanda-t-il.

— C'est difficile à dire. Quelle est sa couleur préférée ? C'est cela qu'il faudrait savoir. Vous en souvenez-vous ?

— Non.

— C'est typique de la part d'un frère. Elle aime peut-être les deux couleurs, et...

Max lui coupa la parole :

— Non, non, je vois où vous voulez en venir ! Je n'ai

aucune envie de me ruiner, figurez-vous ! Votre patronne peut être fière de vous, vous êtes vraiment une excellente vendeuse.

— Vous trouvez ?

— Absolument ! Dommage que votre talent soit gaspillé dans cette boutique.

— Ne recommencez pas avec cette histoire. Essayez plutôt de faire quelque chose contre cette banqueroute que vous prévoyez.

— Moi ? Et comment donc ?

— En vous laissant convaincre d'acheter les deux paires.

Il rendit les armes en riant.

— Si vous voulez… Faites-moi un paquet, mais à *une* condition…

— Laquelle ? Je ne peux malheureusement pas vous faire de rabais. C'est la patronne qui s'en réserve la possibilité.

— Je ne veux pas de rabais.

— Quoi, alors ?

— Je voudrais vous inviter à dîner.

Les yeux de Véra se mirent à briller.

— Moi ?

Il hocha la tête.

— Mais cela n'a rien à voir avec vos dons de vendeuse.

— Avec quoi, alors ?

— Avec votre personne.

— Elle vous plaît ?

Voilà une question qui ressemblait bien à Véra.

— Beaucoup.

— Heureusement, car sinon je n'aurais pas accepté l'invitation, répondit-elle en riant.

Elle semblait tout à fait à son aise et son rire était communicatif.

— Vous acceptez donc ? lui demanda-t-il, tout heureux.

— Il suffit que vous me fixiez un jour.

— Que diriez-vous de demain soir ?

— Ah non, demain c'est impossible, mais après-demain, je serai libre.

— Bon, d'accord pour mercredi.

— Oui. Cela vous va ?

— Tout à fait. Quand et où puis-je passer vous prendre ?

— Ici, à l'heure de la fermeture, vers six heures, ou bien est-ce trop tôt pour vous ?

— Non. (Max ajouta, usant encore un peu plus de son charme :) Ce ne sera jamais assez tôt pour moi.

— Vous êtes vraiment gentil, mais je ne peux en aucun cas vous voir plus tôt. Je ne peux pas laisser tomber mon amie comme ça.

— Votre amie ?

Véra se mordit les lèvres. Elle venait de se trahir.

— Ma patronne, corrigea-t-elle.

— Vous semblez avoir d'excellentes relations avec elle.

— C'est vrai.

— A propos de votre amie, j'entends, de la vraie, cette fois, elle vient souvent ici ?

— Oui, assez souvent, répliqua-t-elle prudemment. Pourquoi ?

— Faites-lui mes amitiés.

— C'est promis. A moins... que je n'oublie...

Max ne remarqua pas le sous-entendu. Véra lui donna les gants qu'elle avait enveloppés dans du papier de soie pendant la conversation, ce qui lui avait d'ailleurs posé plus de problèmes que la vente elle-même. Ces choses-là ne sont pas si évidentes à faire, et un œil plus avisé que celui de Max eût tôt fait de voir que Véra n'était pas une vendeuse si experte que cela.

Max régla son dû et rappela à Véra leur rendez-vous du mercredi. Il se déclara ravi de passer cette soirée avec elle et s'assura qu'il en était bien de même pour Véra. Il lui serra la main et voulut se tourner vers son chien.

— Viens, Moritz, nous... (Il parlait dans le vide.) Moritz, où es-tu ?

Il le chercha en vain du regard dans tout le magasin. Véra devina où il devait être, mais il lui était impossible de trahir le secret.

Max regarda Véra, décontenancé.

— La porte était-elle ouverte ?

— Non.

— Il ne s'est tout de même pas évaporé ! (Il n'y avait plus qu'une seule possibilité : le rideau du fond. Quand Max s'en fut rendu compte, il s'écria, plein de colère :) Moritz ! Sors de là, espèce de monstre ! Tu n'as rien à faire là derrière.

Le rideau bougea. Moritz apparut en affichant une mine satisfaite. Il se faufila entre les deux pans du rideau et se dirigea vers son maître en remuant la queue. Il avait retrouvé quelqu'un qu'il aimait bien, car il avait découvert très vite que la pièce derrière le rideau n'était pas vide. Il avait profité d'un moment d'inattention de son maître pour en avoir le cœur net. La seule chose qui l'avait un peu déçu avait été la relative retenue de la dame à qui il avait rendu visite. Elle s'était efforcée d'éviter de faire le moindre bruit. Elle ne l'avait même pas caressé. Mais elle n'avait cependant pas pu lui cacher son affection. Ce sont là des choses que même d'épaisses murailles ne peuvent empêcher un chien de sentir. Et en fin de compte, pour Moritz, la satisfaction l'emportait sur la déception.

Ce contentement évident fit à Max l'effet d'une provocation.

— Si seulement tu pouvais aller au diable !

Lorsqu'ils furent sortis, l'avalanche de reproches continua de plus belle. Moritz fit mine de ne rien entendre.

Véra les avait accompagnés jusqu'à la porte et quand elle se retourna, elle se trouva face à Sonja. A son grand étonnement, Véra eut à faire face à une attaque en règle de la part de son amie.

— On peut dire que tu n'as pas perdu de temps, ma chère !

— N'est-ce pas ? Je n'aurais jamais cru que j'arriverais à lui vendre les deux paires de gants.

— Ce n'est pas de cela que je parle.

— De quoi donc, alors ?

— De la rapidité avec laquelle tu as réussi à te faire inviter.

Véra n'avait pas la moindre intention de se faire faire la morale. Elle répondit sèchement à ces reproches, sur un ton qui aurait dû servir d'avertissement à Sonja :

— Et pourquoi pas ?

— Moi, je rends la tâche un peu plus difficile aux hommes !

— Pas moi... Quand c'est le bon !

— Et c'est le bon, celui-là ?

— Il n'est pas impossible qu'il le soit, ma chère. Cela dépend de lui.

— Et pas de toi ?

— Non.

— Que sais-tu de lui, au fond ? Rien. Tu ne connais même pas son nom.

— Si, tu ne t'en souviens pas ? Il s'est présenté la dernière fois.

— En effet. J'ai surtout souvenance de ce jeu de mots avec Max et Moritz. Il s'est contenté de dire qu'il s'appelait Max et cela te suffit ? Tu ne trouves pas qu'il lui manque encore un nom de famille, ma chère ?

Quand deux femmes se disent trop souvent « ma chère », cela ne présage rien de bon.

— Ma chère, répliqua Véra, je ne verrais aucun inconvénient à ce qu'il m'appelle bientôt par mon seul prénom.

— Véra, je t'en prie !

— Sonja, que veux-tu, au juste ?

— Puis-je au moins te rappeler que tu étais déjà prise mercredi ? Nous devions dîner ensemble ce soir-là. Tu sembles l'avoir complètement oublié.

— Absolument pas.

Sonja avala sa salive.

— Comment ?

— Je ne l'avais absolument pas oublié.

— Mais alors, comment as-tu pu lui donner un rendez-vous le même jour ?

— Pourquoi ? (Véra la considéra assez froidement.) Est-ce que je peux te parler franchement ?

— Je t'en prie.

— Eh bien, voilà ! Je sais que *toi,* tu ne me feras pas faux bond, tandis que *lui* risque bien de disparaître dans la nature si je ne saute pas sur l'occasion. Tu comprends ?

— C'est charmant pour moi, merci ! Mais tu pouvais le voir aussi demain, mardi.

— Non.

— Ah bon ? Pourquoi ?

— Parce que demain je vais chez le coiffeur.

Sonja regarda les cheveux de Véra avec étonnement.

— Mais tu y es allée il y a quelques jours à peine. N'est-ce pas suffisant ?

Véra retrouva enfin le sourire.

— Pas quand on sort avec un homme comme lui...

Sonja ne répondit pas et se contenta de secouer la tête. Cette conversation qui devait laisser entre les deux amies quelques zones d'ombre s'arrêta là.

Ce mercredi-là fut une journée pluvieuse. Max vint chercher Véra en voiture. Il était interdit de stationner devant le magasin, mais Max ne s'en soucia pas, prit le risque d'avoir un procès-verbal et gara sa voiture.

Véra ferma le magasin. Elle dit à Max que sa patronne avait confiance en elle et qu'elle lui confiait les clés.

La pluie les obligea à se dépêcher pour trouver refuge dans la voiture.

— Quel temps de cochon ! tempêta Max avant de démarrer.

— Nous sommes à Munich, répliqua Véra avec résignation.

— C'est vrai, j'ai trop tendance à l'oublier. Mais vous n'êtes pas de la région ?

— Non, je suis de Brême. (Elle se mit à rire.) Mais ne croyez pas que je sois une vraie Nordique. Mes parents me conseillent toujours d'enlever cette idée aux gens.

— Pourquoi ?

— Parce qu'ils sont originaires de Silésie et qu'ils ne veulent pas l'oublier.

— Dans ce cas, ils sont comme mes parents.

— Pourquoi ? Ils viennent de Silésie, eux aussi ?

— Non, des Sudètes.

Un feu rouge les obligea à s'arrêter.

— Mon meilleur ami, lui, vient de Berlin.

— Mon amie aussi.

— Laquelle ? Celle que je connais ?

— Oui.

Il sourit.

— Savez-vous ce que je me dis souvent ?

— Non.

— J'aimerais bien un jour faire la connaissance d'un vrai Munichois. Mais ça n'a pas l'air d'être si facile que ça.

— Moi, j'en connais un : mon concierge.

Ils éclatèrent de rire. Le feu passa au vert.

— Vous habitez dans le quartier ? demanda Max.

— Non, je n'habite pas en ville, j'habite en banlieue.

— Où ça ?

— A Ottobrunn.

— Je connais bien Ottobrunn. J'ai un collègue qui a une maison là-bas. Il m'y invite de temps à autre.

— Quelqu'un d'ici ?

— Non, lui non plus n'est pas d'ici. Il vient de Göttingen.

— Cela confirme un sondage que j'ai lu il y a quelque temps.

— Et que disait ce sondage ?

— Qu'un Allemand sur cinq aimerait bien vivre ici.

— Les pauvres Bavarois, si les choses continuent à ce rythme, il faudra qu'ils s'expatrient jusqu'au dernier !

Un feu rouge les obligea de nouveau à s'arrêter. Véra

éprouvait quelque difficulté à découvrir où ils étaient à travers la vitre battue par la pluie.

— Où allons-nous, au fait ?

— Au *Kreitmair*.

— A Keferloh ?

— Oui, c'est tout près de chez vous.

Il n'y avait en effet qu'un saut de puce entre Keferloh et Ottobrunn.

Tant mieux, pensa Véra, il sait ce qu'il veut et ne manque pas d'idées.

— C'est un hasard ? questionna-t-elle. Vous vouliez vraiment aller dans ce restaurant dès le début ?

— Non, avoua-t-il franchement. Je me suis décidé quand vous m'avez dit que vous habitiez à Ottobrunn. Avant, j'avais idée d'aller dans un restaurant du centre.

— J'en conclus que vous avez l'intention de me ramener jusque devant chez moi.

— Oui. A quoi d'autre songiez-vous donc ?

A quoi d'autre ? se dit Véra. Toi, tu n'as pas seulement l'intention de me ramener jusque devant chez moi, et je dois avouer que je n'aurais rien à y redire, beau gosse, mais...

— Vous croyiez peut-être que j'allais vous laisser rentrer en métro, reprit Max.

— Non.

— Le seul inconvénient, c'est qu'il faut que je pense à mon permis de conduire ; je ne pourrai pas boire beaucoup ce soir.

— Comme je vous plains !

Tu ne te doutes pas, réfléchit Véra, qu'il y aura un inconvénient d'une tout autre nature, et qui nous concernera tous les deux, celui-là. J'aurais dû me souvenir que ce mercredi n'était vraiment pas une date idéale... tout comme les prochains jours, d'ailleurs. Mais je ne voulais pas rater cette occasion et nous voilà mal embarqués, tous les deux. Il sera délicat de te faire comprendre ça.

Quand ils arrivèrent, la pluie avait cessé.

Keferloh, au sud-est de Munich, est à quelques

kilomètres des portes de la ville. A part le *Kreitmair,* une vaste auberge dont le bâtiment se dresse au milieu de champs et de prés, il n'y a pratiquement rien. Les prix, en revanche, n'ont rien de campagnard. Ils atteignent même des sommets vertigineux, mais en contrepartie, il n'y a vraiment aucun reproche à formuler quant aux mets que l'on vous sert.

Véra mangea une sole, son compagnon des rognons de veau. C'est pendant le repas que Véra entreprit de clarifier la situation.

— Vous n'aimez pas le poisson, monsieur… ?

— Max.

— Max… comment ?

— Comment ?

— Vous n'avez donc pas de nom de famille ? se hasarda-t-elle à demander.

— Si : Max.

Véra se tut et rougit. Maintenant, c'était à son tour d'être sur la défensive.

— Ah bon ! murmura-t-elle.

— Il me semblait que je m'étais présenté.

— C'est vrai. Vous avez dit que vous vous appeliez Max.

— Et ce n'était pas assez clair ?

— Non, nous pensions que c'était votre prénom. Il ne nous était pas venu à l'esprit que cela pouvait être votre nom. Ce sont des choses qui peuvent arriver. C'était bête de notre part, excusez-nous.

— Comment ça, *nous* ?

— Mon amie et moi.

— Vous avez donc parlé de moi toutes les deux ? (Véra hocha la tête.) J'espère que vous n'avez dit de moi que du bien !

Il aurait vraiment pu trouver mieux que cette banalité…

— Evidemment, répliqua Véra.

Sa réponse n'était guère plus originale…

Il lui sourit.

— A propos, vous vous appelez Véra, n'est-ce pas ?

— Vous le savez aussi bien que moi.

— Véra comment ?

Elle le regarda, incrédule.

— Comment ? Vous ne le savez pas ?

— Je suis désolé, mais vous ne me l'avez pas encore dit.

Elle réfléchit un instant et dut admettre qu'il avait raison.

— Mais comment ai-je pu oublier une chose pareille ? s'étonna-t-elle. Qu'avez-vous dû penser de moi pendant tout ce temps ?

— Que du bien, la tranquillisa-t-il. Les choses se passent parfois parfaitement ainsi.

Véra n'était pas convaincue.

— Tout de même, il y a quelque chose que je ne comprends pas. Je croyais pouvoir vous convaincre de négligence, et finalement c'est à moi-même que j'aurais dû tirer les oreilles !

— Oublions nos négligences respectives, une bonne fois pour toutes. Je vais faire le premier pas en vous confiant que mon prénom est Albert et vous suivrez mon exemple en m'avouant...

— Que mon nom de famille est Lang. Mais avec tout ça, vous n'avez toujours pas répondu à ma première question.

— Laquelle ?

— Je vous demandais si vous aimiez le poisson.

— Non.

Ils éclatèrent de rire.

Malgré le mauvais temps, le restaurant était plein. Il avait bonne réputation à Munich, et les gens qui pouvaient se permettre de tels prix y venaient généralement en voiture.

Véra avait déjà bu du vin pendant le repas et elle en reprit un verre après le dessert. Albert, de son côté, avait préféré boire de la bière, mais se mit au café après le deuxième verre. Il tenait à son permis de conduire.

— Vous avez une volonté de fer, monsieur Max.

— Appelez-moi plutôt Albert, mademoiselle Lang.

— Dans ce cas, appelez-moi Véra.
— D'accord, Véra.
— D'accord, Albert.
— Il faut bien que j'aie une volonté inflexible dans ce domaine. Si on m'enlevait mon permis, ce serait très ennuyeux pour ma réputation professionnelle.

Et que fais-tu de beau dans la vie ? s'interrogea Véra.

Mais elle ne sut rien. Albert ne parla pas de son métier. Non qu'il eût quelque chose à cacher, mais parce que cela ne lui paraissait guère importer. Il préférait aller de l'avant avec Véra.

— J'aimerais bien vous voir de temps en temps, déclara-t-il.
— Je ne suis pas contre...
— Vous m'en voyez ravi. Vous aimez aller au bord de l'eau ?
— Vous voulez savoir si j'aime bien nager ?
— Ou faire de la voile, par exemple.
— Pour être franche, pas vraiment, confessa Véra. J'ai failli me noyer quand j'étais enfant. Depuis, j'ai une peur bleue de l'eau.
— Dommage !
— Mais je ne verrais aucun inconvénient à me mettre sous votre protection.
— Je veillerai sur vous comme sur ma propre sœur, promit-il.
— Dans ce cas, nous pourrions essayer.
— Cet ami berlinois dont je vous ai déjà parlé et moi, nous avons un bateau, sur un lac près de Munich. En fait, ce bateau est à lui, il en a hérité, mais c'est moi qui m'en occupe. C'est un jeune artiste, et il a des problèmes d'argent, vous savez. Il n'est pas encore parvenu à percer.
— Que fait-il ?
— Il peint.

Véra poussa un soupir.

— Il n'est pas le seul...

Albert commanda deux cafés. La serveuse qui prit la

commande le regarda avec compassion. Elle aussi possédait un permis de conduire et, à certaine époque, on le lui avait retiré pendant six mois.

— Vous ne pourrez pas fermer l'œil, cette nuit, décréta Véra en montrant du doigt le café qu'on lui apportait.

— C'est le dernier.

Véra hocha la tête.

— Ça m'étonnerait !

— Pourquoi ?

— Ou alors, cela signifierait que je me suis trompée sur votre compte.

— Que voulez-vous dire ?

— Je vous entends d'ici me demander devant ma porte si vous ne pouvez pas monter prendre un café chez moi...

Il n'en croyait pas ses oreilles.

— Véra, j'admets que c'était bien là mon intention. Vous ne vous êtes donc pas trompée à mon sujet : je n'échappe pas à la règle. Mais vous vous y prenez à merveille pour désarmer les gens avant même qu'ils ne passent à l'attaque ! Vous y êtes parvenue, maintenant. Je vous promets de ne pas essayer de franchir le seuil de votre porte.

— Ce n'était pas le but recherché.

— Pardon ?

— Je serais très heureuse de vous recevoir chez moi quelques instants, mais...

— Mais ?

Véra ne savait pas très bien comment s'y prendre. Elle était visiblement gênée.

— Mais non compris le petit déjeuner, Albert. (Comme il ne répondait rien, parce qu'il était un peu troublé, ainsi que n'importe qui d'autre l'eût été à sa place, elle s'enquit :) Vous me comprenez, n'est-ce pas ?

Il toussota.

— Je crois comprendre que je ne dois pas me faire trop d'idées, bien que vous soyez prête à nourrir en moi certaines illusions en refusant de me congédier devant votre porte. Ai-je vu juste ?

— Oui, soupira-t-elle. Mais vous ignorez pourquoi il doit en être ainsi.

— Non, affirma-t-il.

— Pourquoi ?

— Parce que je ne vous plais pas assez !

Véra le regarda quelques instants sans dire un mot, puis hocha la tête d'un air désapprobateur.

— Vous êtes vraiment impossible, Albert !

— Pourquoi cela ?

— Vous me contraignez à vous donner des explications qui même de nos jours sont gênantes à formuler pour une jeune femme.

— C'est-à-dire ?

— C'est-à-dire, premièrement, que vous me plaisez plus que vous ne le supposez.

— Mais alors, Véra, assura-t-il en lui prenant la main, il n'y a aucun problème, puisque c'est réciproque. Que veux-tu de plus ?

— Seulement voilà. Il y a autre chose, Albert. Je ne peux pas t'en donner la preuve aujourd'hui, bien que j'en aie envie. Une femme...

Il crut avoir compris ce qu'elle voulait exprimer.

— Tu veux dire que les choses vont trop vite à ton goût ?

— Non, laisse-moi finir. Une femme ne peut donner cette preuve... à n'importe quel moment. Tous les mois, pendant quelques jours...

— Véra !

Il avait enfin compris.

Ces hommes, pensa Véra, il faut toujours tout leur expliquer !

— Je suis désolée, Albert.

— Mais il n'y a aucune raison à cela, Véra.

— Si, si, je t'assure. Et en disant cela, je pense plus à moi-même qu'à toi.

C'était Véra toute crachée...

C'est à ce moment seulement qu'ils remarquèrent

tous les deux qu'ils s'étaient spontanément tutoyés. Ni l'un ni l'autre ne songeait d'ailleurs à revenir en arrière.

— Tu es une fille géniale ! s'écria Albert en riant.

— Quand les génies se rencontrent... répondit-elle, rayonnante.

Véra Lang n'était donc pas seulement une très, très jolie fille, mais elle était aussi intelligente et spirituelle. En tout cas, elle méritait bien mieux que le petit jeu mesquin auquel Albert jouait avec elle.

Lorsque Albert eut fait signe à la serveuse qu'il voulait l'addition, il dit à Véra :

— Je sens que nous reviendrons dans ce restaurant, qu'en penses-tu ?

— Absolument.

En voilà un qui ne perd pas de temps, songea la serveuse, qui n'était pas née de la dernière pluie. Quand ils sont arrivés, ils se vouvoyaient encore, maintenant il la tutoie et, dans une demi-heure, ils seront couchés dans le même lit.

Mais une serveuse, si expérimentée soit-elle, n'est pas à l'abri de l'erreur...

Une fois sortis, Albert et Véra constatèrent avec surprise que la pluie avait totalement cessé. Albert scruta le ciel. Il était étoilé. Une légère brise soufflait.

— C'est très bien. Voilà qui promet un temps propice pour une initiation à la voile.

Dans la voiture, Albert quittait de temps en temps la chaussée des yeux pour regarder Véra.

— Tu n'as pas peur, au moins ?

— Pas avec toi, je te l'ai déjà dit.

— Et on peut faire confiance aussi à mon ami. Nous veillerons à deux sur toi.

— Dans ce cas, je ne cours vraiment aucun risque.

Soudain, la voiture ralentit, parce que Albert avait oublié d'accélérer. Il semblait réfléchir.

— A propos, je me rends compte tout à coup que cela pourrait poser un problème...

— Quoi donc ?

— Si Karl — c'est son nom — s'intéressait à toi d'un peu trop près...

Véra se mit à rire.

— Jaloux ?

— Il ne faut pas le sous-estimer — surtout en ce moment.

— Pourquoi surtout en ce moment ?

— Parce qu'il n'a personne sous la main. Il est libre comme l'air, comme on dit. Cela signifie qu'il peut passer à l'attaque à tout instant, si l'occasion s'en présente.

Véra riait toujours.

— Ne t'inquiète pas ! Si je devais susciter sa convoitise, il en serait pour ses frais.

Albert hocha la tête.

— Tout de même, Véra, je préférerais ne pas prendre de risques inutiles. Mais je ne sais comment faire. (Au bout de quelques secondes, il se frappa le front de la main.) Mais tu as une amie...

Véra ne comprit pas tout de suite où il voulait en venir.

— Et alors ?

— Nous pouvons faire en sorte qu'ils se rencontrent, pour plus de sécurité.

D'un seul mot, Véra détruisit tous ses espoirs.

— Impossible !

Il ne voulut pas la croire.

— Mon idée est parfaite ! Il ne sera pas tenté de lorgner vers toi. D'un côté, toi et moi, et de l'autre, eux deux. Il n'y a pas de meilleure solution. Je t'ai déjà dit que je ne pouvais pas utiliser le bateau à ma guise. Il sera donc toujours de la partie. Seulement à trois, ce n'est pas idéal, même si on se contente d'aller nager ou de prendre un verre au bar de la plage. Tu vois ce que je veux dire ?

— Certainement, mais...

Il faut battre le fer tant qu'il est chaud, songea Albert.

— Il n'y a pas de mais. Nous nous arrangerons pour

qu'ils se rencontrent. C'est la meilleure solution. A moins qu'elle ne soit pas libre...

— Si, si, elle l'est. Mais il faudra tout de même que tu renonces à ce projet, Albert.

— Et pourquoi ?

— Ça ne sera pas facile de jouer les entremetteurs avec elle. Ce n'est pas du tout son genre.

— Jouer les entremetteurs ! (Il lâcha un instant le volant et leva les bras au ciel.) Mais qui parle d'une chose pareille ? Ce n'est pas du tout dans mes intentions, au contraire... (Ah ! si tu connaissais mes véritables intentions ! se dit-il.) Nous les présenterons l'un à l'autre, rien de plus, poursuivit-il. A eux de décider ce qu'ils feront ensuite. Karl est un très chic type et ton amie aussi est sûrement très sympathique. C'est à ce genre de relations que je pensais. Il y a beaucoup d'amitiés comme ça dans le monde de la voile.

— Mais Sonja n'est pas du genre copain-copain...

— Sonja ?

Véra se mordit les lèvres, mais le nom était lâché.

— Oui, acquiesça-t-elle en hochant la tête.

— Je croyais que Sonja, c'était le nom de ta patronne.

— C'est aussi celui de mon amie.

Pourquoi pas ? pensa-t-il. Ce hasard n'a rien d'étonnant, après tout.

— Parle-lui tout de même, Véra. Essaie de la convaincre. (Comme Véra ne répondait rien, il répéta :) Ce serait une solution idéale.

— Bon, si tu veux, je lui en parlerai, mais je ne peux rien te promettre.

Albert accéléra de nouveau. Ils pouvaient apercevoir déjà les lumières d'Ottobrunn. Vingt ans plus tôt, c'était un petit village assoupi, et bien qu'on l'appelât encore « village », Ottobrunn avait grandi à une vitesse vertigineuse et comptait maintenant vingt mille habitants. La plus grande partie d'entre eux venait de toutes les régions d'Allemagne fédérale. Ottobrunn ressemblait ainsi à beaucoup d'autres anciens villages bavarois.

Véra lui indiqua le chemin. Elle habitait une vieille maison restaurée, non loin de la route de Rosenheim.

— On doit entendre terriblement le bruit de la circulation, ici ? demanda Albert une fois descendu de la voiture, jetant un coup d'œil aux alentours.

— En été seulement, pas en hiver.

— En été, effectivement. Quand toutes ces colonnes de Prussiens sont en marche vers le sud, cela doit être insupportable.

— Tu as mieux à me proposer, Albert ?

Non, certainement pas, car la situation immobilière dans et autour de Munich était catastrophique.

Véra mit la clé dans la serrure.

— Qu'as-tu décidé ? Viens-tu prendre un verre avec moi ?

Il hésita un moment, puis il prit la décision qui s'imposait, en disant en forme de pirouette :

— Ça ne servirait à rien, de toute façon.

— Effectivement, répondit Véra assez sèchement.

Dommage ! pensa-t-elle.

Dommage ! pensa-t-il lui aussi.

Ils se regardèrent.

— Merci pour cette charmante soirée, murmura Véra au bout d'un moment.

— Etait-ce vraiment une soirée charmante, Véra ?

— Tu n'es pas de cet avis ? Même... même si elle n'a servi à rien ?

— Si, tout à fait charmante. Même si elle n'a servi à rien.

— Dans ce cas, nous sommes d'accord.

Véra se haussa sur la pointe des pieds et l'embrassa sur la bouche, brièvement, certes, mais avec fougue. Elle ouvrit la porte et se glissa à l'intérieur.

— Véra ! lança-t-il doucement par l'entrebâillement de la porte.

— Oui ?

— Quand nous revoyons-nous ?

— Quand tu veux, Albert.

— Et où ?

— Tu sais où me trouver.

La porte se referma. Albert resta planté là et tendit l'oreille. Il l'entendit monter rapidement l'escalier.

Au moins, pensa-t-il, je sais qu'elle n'habite pas au rez-de-chaussée. Evidemment, ce n'est pas grand-chose. Elle vient de Brême, ses parents sont originaires de Silésie. Est-ce qu'ils vivent encore ? Oui, elle a dû en parler. A-t-elle des frères et sœurs ? Elle n'en a soufflé mot. Quel âge a-t-elle ? Je n'en sais rien. Que fait-elle dans la vie ? Question idiote ! Elle est vendeuse, et même une excellente vendeuse. Et pourtant, elle n'en a pas l'air. Cela dit, je n'ai rien contre les vendeuses. Elles exercent un métier qui demande beaucoup d'habileté, de savoir-faire et d'intelligence, si on veut le faire vraiment sérieusement, et... (Une lampe s'alluma au deuxième étage et projeta un carré de lumière sur la chaussée. Albert fit quelques pas en arrière et leva les yeux. Une ombre passa, les rideaux se fermèrent.) Moi aussi j'habite au deuxième étage. Tiens, qu'en est-il du garage ? Mais peut-être n'a-t-elle pas de voiture ? Probablement pas, sinon elle en aurait parlé ce soir. Mais toutes ces questions n'ont aucun sens. Tout cela ne me regarde pas.

Il retourna vers sa voiture et rentra chez lui.

Dès le lendemain matin, à sept heures, deux messieurs eurent une conversation animée au téléphone. Le premier considérait que c'était une heure tout à fait normale pour téléphoner aux gens, l'autre trouvait cela tout simplement inhumain.

Il s'agissait de Me Albert Max et de Karl Thaler, artiste peintre de son état, qui avait été tiré de son profond sommeil par la sonnerie retentissante du téléphone.

— Tu es fou, ou quoi ? s'exclama-t-il après avoir reconnu le fauteur de troubles.

— Je te réveille ? interrogea Max d'une voix innocente.

— Que me veux-tu, comme ça, en pleine nuit ?

— Il faut que je te parle. C'est très important.

— Qu'y a-t-il de si important pour que tu me réveilles à une heure pareille ?

— Je t'ai trouvé une fille.

Le peintre ne répondit rien. La nouvelle lui avait coupé le souffle.

— Allô ! Tu es encore là ? s'enquit Max.

— Oui, grogna Thaler.

— Pourquoi ne réponds-tu pas ? Que dis-tu de ma surprise ?

— Tu as une fille pour moi ?

— Exactement ! Et super !

— Merci beaucoup. Avec les deux femmes qui me courent après, tu as eu l'idée géniale de m'en trouver une troisième ?

— Un homme de ta trempe est tout à fait en mesure d'en assumer trois.

— Non, non, mon vieux ! Tu sais fort bien qu'Erna et Charlotte commencent à me peser sérieusement. Ne déclarais-tu pas toi-même il y a quelques jours que tu n'aimerais pas être à ma place ?

— Et tu m'as cru ? En fait, je mourais de jalousie.

— Je n'ai rien vu de tout cela.

— Tu ne pouvais pas le voir, fit Max en riant, puisque je te l'ai dit au téléphone !

— Ne raconte pas de bêtises ! J'ai tout ce qu'il me faut, en ce moment. C'est pourquoi je te prierai de ne pas m'importuner plus longtemps avec tes histoires. Je suis vraiment terriblement fatigué.

Thaler bâilla bruyamment dans le combiné.

— Karl !

— Qu'est-ce qu'il y a, encore ?

— Es-tu vraiment mon ami ?

— Oui... mais jusqu'à un certain point. Je n'ai vraiment pas la moindre envie de m'encombrer d'une troisième fille.

— Plaque les deux autres, alors.

— Si seulement les choses étaient aussi simples ! (Il éleva un peu la voix.) Mais je me demande ce que signifie toute cette comédie. J'aimerais bien savoir ce que tu trames encore, car je suppose que tu es en train de manigancer quelque chose ?

— Absolument pas.

— Je te connais, mon vieux.

— Tes soupçons me blessent. Cette affaire est tout ce qu'il y a de plus correct. Il n'y a là rien de louche. J'ai fait la connaissance d'une très jolie jeune femme et elle m'intéresse beaucoup.

Thaler l'interrompit :

— Dans ce cas, pourquoi veux-tu me l'imposer ?

— Karl, écoute-moi. J'ai donc rencontré une fille géniale qui aimerait bien faire de la voile avec moi, ou plutôt avec nous deux. Mais elle veut absolument emmener sa meilleure amie. Elles ne se quittent jamais. Si ça se trouve, elle n'aimera pas du tout la voile et s'en ira d'elle-même. Dans ce cas, le problème se résoudrait tout seul. Mais nous n'en sommes pas encore là, et pour l'instant, il faut que tu te sacrifies, Karl.

— Me sacrifier, c'est le mot qui convient.

— Détrompe-toi, et souviens-toi que je t'ai parlé d'une fille super.

— Pour aiguiser mon appétit !

— Non, Karl.

— Ah bon ?

— Si j'ai dit qu'elle était super, tu peux me croire.

— Ah bon ?

— Géniale, je te dis !

— L'as-tu déjà vue, ou bien est-ce que tu tiens cette information de ton nouveau béguin ?

— Je l'ai déjà vue.

— Et elle t'a impressionné à ce point ?

— Absolument.

Thaler sut faire preuve de souplesse. Il était capable de changer d'avis, le cas échéant, et de s'adapter aux situations.

— Bon, tu peux compter sur moi. Je vais tout de suite m'occuper d'elle pour que tu puisses arriver à tes fins avec l'autre. Alors, que dis-tu de ton ami ?

Il y eut un moment de silence.

— Je ne l'entendais pas exactement ainsi, Karl.

— Et comment l'entendais-tu, alors ?

— Il ne s'agissait pas que tu t'occupes d'elle tout de suite, comme tu dis.

— Mais de quoi alors, mon vieux ? Je n'y comprends rien. Pourquoi m'as-tu fait venir l'eau à la bouche ?

— Je ne voulais pas que les choses aillent jusque-là.

— Et jusqu'où devaient-elles aller selon toi ?

Max toussota, comme le font beaucoup de gens quand les choses se corsent un peu.

— Karl, reprit-il sur un ton de reproche, est-ce qu'il est absolument nécessaire que tu couches avec une fille dès la première fois ?

— Qu'est-ce que j'entends ? s'écria le peintre. C'est *toi* qui me dis ça ?

— Cela dépend de la fille, Karl. J'admets que la plupart d'entre elles n'attendent que ça. Mais pas toutes...

— Tiens, tiens ! Il s'agit donc, dans le cas qui nous occupe, d'une exception ?

— Exactement !

— Bon, alors je peux vérifier.

— Non, Karl ! répliqua Max plus vivement qu'il ne l'aurait voulu.

L'étonnement de Karl allait grandissant. Il ne comprenait plus très bien ce que son ami voulait de lui. Sans se douter qu'il visait juste, il remarqua :

— On dirait qu'elle t'intéresse vraiment.

— Tu as deviné.

— Quoi ? Et moi qui croyais que tu étais fou de l'autre !

— En apparence seulement.

— Albert ! Tu en demandes trop à mes facultés intellectuelles. Ne pourrais-tu pas redescendre à mon niveau et essayer de me donner des explications en termes compréhensibles pour tout un chacun ?

— Ecoute, Karl...

Albert Max exposa à son ami la stratégie qu'il avait

imaginée. Cet exposé fut ponctué par quelques réactions de mauvaise humeur de la part de Karl, mais ce dernier ne fit aucune objection de caractère moral. La morale était vraiment le cadet de ses soucis. Il semble qu'on ne puisse pas exiger grand-chose de la part des hommes dans ce domaine-là.

Finalement, le peintre demanda en riant :

— Et comment s'appellent nos deux belles ?

— Sonja et Véra.

— Et c'est laquelle que tu vas rouler ?

— Véra.

— Ah ! Et c'est donc Sonja que je dois te garder au chaud ?

— Exactement.

— Et ce sont vraiment des filles superbes ?

— Toutes les deux, crois-moi.

— C'est bon, je suis de la partie. Mais à une condition...

— Laquelle ?

— Il faut que je puisse m'occuper de Véra le plus tôt possible. Tu ne voudrais tout de même pas que je ne profite ni de l'une ni de l'autre ! Il faut bien que je retire moi aussi un bénéfice de toute cette histoire.

— D'accord.

Après ce coup de fil, Karl Thaler se recoucha et poursuivit sa nuit. Albert Max en aurait volontiers fait de même, mais c'était impossible, son métier ne le lui permettait pas. Il était obligé de travailler dur.

Après avoir raccroché, il regarda sa montre.

— Moritz ! Viens, nous allons prendre notre petit déjeuner. Nous devrons renoncer à notre promenade matinale aujourd'hui, car nous sommes en retard.

Au café, tout se déroula normalement, jusqu'à un certain moment.

— Comme d'habitude ? demanda le vieux serveur.

— Comme d'habitude, répondit Max en s'asseyant.

Au bout de cinq minutes, Max était déjà servi. Mais le serveur se mit à toussoter d'une façon tout à fait inhabituelle. Son client leva la tête.

— Qu'y a-t-il, monsieur Augustin ?
— Je peux vous poser une question, maître ?
— Bien sûr. De quoi s'agit-il ?
— Vous vous souvenez de notre curieuse conversation de l'autre jour ?
— Curieuse ?
— Oui, curieuse, pour une conversation entre un serveur et un client.
— Vous parlez de ces deux jeunes femmes que j'ai rencontrées ?
— Et qui vous ont fait si grande impression, oui.
— Oui, je me souviens, vous m'avez même donné un conseil.
— Précisément. Je voudrais retirer ce que j'ai dit, maître.
Max qui, jusqu'alors, n'avait cessé de sourire, changea d'expression.
— Pourquoi ?
— C'était un mauvais conseil, maître.
— Mais il s'agissait d'une expérience positive que vous aviez faite vous-même, m'avez-vous dit.
— Il n'y eut guère que le début qui fut positif, mais pas la suite. Et je n'y ai pas pensé lorsque je vous en ai parlé. Cela m'est revenu à l'esprit entre-temps.
— Et qu'est-ce qu'il y avait de négatif dans tout ça ?
— Tout simplement que la chose a bien failli se terminer par un suicide.
La stupeur pouvait se lire sur le visage d'Albert Max. Il en resta bouche bée pendant quelques instants et se mit à cligner des yeux. Il fumait rarement, en tout cas jamais avant le petit déjeuner, mais cette fois, il ressentit le besoin impérieux d'allumer une cigarette. Cela fait, le plus dur était passé.
— C'est là qu'on voit que les temps ont bien changé depuis. Les femmes ne sont plus aussi sottes.
— Vous croyez ?
— Voyons, monsieur Augustin, en Amérique ou en Israël, elles peuvent même faire le service militaire ! Il en sera peut-être bientôt de même chez nous. Cela doit

vous donner une idée de ce que sont les femmes d'aujourd'hui.

Moritz attendait depuis longtemps que le serveur lui fasse signe de le suivre aux cuisines. Depuis le jour où M. Augustin l'y avait emmené pour la première fois, c'était devenu pour lui une habitude, une sorte de droit acquis.

— Viens, dit le serveur, se rappelant soudain ses devoirs envers lui et se dirigeant vers la cuisine.

Albert Max dégusta son petit déjeuner.

Sonja Kronen et Véra Lang feuilletaient ensemble un magazine féminin qui traitait de mode, de voyages et de loisirs. Elles avaient tout leur temps, car elles n'étaient pas dérangées par l'affluence des clients, encore que les affaires semblassent s'améliorer doucement, très doucement.

Véra montra du doigt une page du magazine.

— Tu crois que les jupes vont raccourcir ?

— Cela dépend de l'issue de la lutte qui oppose les Français et les Italiens. Pour l'instant, il y a match nul, et les femmes ne savent toujours pas à quel diktat elles devront se soumettre.

— Je suppose qu'en fin de compte ce sera de nouveau celui des Français.

— Mais Rome et Florence s'imposent de plus en plus. Paris doit prendre garde.

Véra continua à feuilleter le magazine et tomba sur un reportage qui décrivait d'aventureux voyages. En l'occurrence, il s'agissait de gens qui descendaient dans des grottes.

— Très peu pour moi, marmonna Sonja.

Elle se détourna et regarda au-dehors.

— Mais ça, c'est génial ! entendit-elle dire dans son dos.

— Quoi donc ?

— La voile.

L'intérêt de Sonja s'éveilla.

— La voile, cela pourrait m'intéresser aussi.

— Regarde ces photos, Sonja.

Des photos excellentes, accompagnées de légendes intelligentes, provoquèrent l'enthousiasme des deux jeunes femmes.

— Quand je pense que j'ai failli refuser, déclara soudain Véra.

— Refuser quoi ?

— De faire de la voile.

Sonja la regarda, l'air surpris.

— Tu ne m'en avais rien dit.

— C'est tout récent. Ça t'intéresse ?

— Beaucoup.

— On m'a invitée et j'avais de toute façon l'intention de t'en parler. D'ailleurs, j'aurais bien été obligée de le faire, car on m'a demandé de t'inviter aussi.

— Moi ?

— Cela te ferait plaisir ?

— Oui, certainement. Ce sont des amis à toi ?

— Des amis... pas vraiment, répondit Véra en hésitant.

— Qui donc, alors ?

— Deux messieurs. Je ne connais pas encore le second, mais le premier, tu le connais aussi.

— De qui s'agit-il ?

— De Max.

Sonja écarquilla les yeux.

— Lui ?

— Oui. (Véra s'empressa d'ajouter :) Max, c'est son nom de famille, pas son prénom. C'est justement cela qui ne nous plaisait pas. Mais nous avons commis une injustice. Son prénom est Albert.

L'attitude de Sonja avait changé du tout au tout.

— Et tu sais tout cela depuis que tu as passé cette soirée avec lui, remarqua-t-elle sèchement. Je constate que tu n'as pas ralenti la cadence que tu avais adoptée dès le début avec lui.

— Sonja ! De quoi te mêles-tu ?

— De rien, ma chère.

— Alors, ne recommence pas à me faire une scène à son sujet !

— Mais, Véra, je voudrais simplement que tu te ménages un peu. Comme autrefois. Qu'est-ce qui t'arrive tout à coup ? Une fille comme toi n'a tout de même pas besoin de se jeter au cou du premier venu !

— Ça, c'est mon affaire ! A ce propos, je dois t'avouer que je ne me suis pas tant ménagée que cela par le passé, pour reprendre ton expression. Et j'en étais ravie. Prends-en bonne note, ma chère.

— J'en prends bonne note.

— Ma soirée avec lui…

— Votre soirée ne m'intéresse pas le moins du monde. Tu ne m'en as rien dit jusqu'à présent et je ne t'ai pas posé de questions. Pourquoi ne pas continuer ainsi ?

— Bon, comme tu voudras. Personnellement, je ne t'en aurais pas parlé si l'on ne m'avait pas priée de te transmettre l'invitation. Je savais parfaitement que ce serait un coup d'épée dans l'eau et j'avais averti Albert.

— J'espère au moins que tu ne lui as pas appris qui je suis.

— Absolument pas. J'ai gardé ton secret et il ne sait toujours pas que tu es la propriétaire de ce magasin.

Cette remarque fit revenir Sonja à de meilleurs sentiments.

— Merci, Véra. Vois-tu, c'est une des raisons pour lesquelles je ne peux pas accepter cette proposition. Je ne voudrais pas qu'il se rende compte que je l'ai berné. Que penserait-il de tout cela ?

Véra poussa un soupir condescendant.

— Il penserait tout simplement qu'il s'agissait d'une petite plaisanterie sans conséquence. On en rirait un peu, rien de plus. Cette affaire n'a pas la moindre importance. Il n'y a que toi qui y attaches tant de prix.

— Nos avis divergent à ce sujet, Véra.

— Beaucoup, à ce que je vois.

Sonja Kronen se tut quelques instants et réfléchit. Un léger sourire éclaira son visage.

— Véra, dit-elle en lui tendant la main, je reconnais que je suis allée trop loin. Il est évident que tu peux agir à ta guise et je te promets qu'à l'avenir je ne te ferai plus une seule remarque à ce propos. Bref, il vaut mieux que nous évitions ce sujet. D'accord ?

— D'accord, répondit Véra en serrant la main de Sonja.

Deux Peaux-Rouges, dans une situation analogue, auraient fumé le calumet de la paix. Mais les choses n'étaient pas aussi simples entre Véra et Sonja...

Le risque était grand, durant les jours que Véra passa au magasin de Sonja, de voir s'ouvrir soudain la porte et apparaître Moritz suivi de Max. En présence de Sonja, il eût fallu jouer cartes sur table. Car au nom de quoi, Sonja, en tant que propriétaire du magasin, devait-elle être absente ?

Et pourtant, ce fut le cas à deux reprises. La première fois que Max apparut, elle était allée régler une affaire à la Chambre de commerce.

— Bonjour, Véra. Tu es encore plus ravissante que dans le souvenir que j'avais gardé de toi !

— C'est ce que tu dis à chaque fois, répliqua Véra en riant.

— Ce n'est pas ma faute si tu embellis de jour en jour.

— Merci. Comment vas-tu ?

— Je me porte à merveille depuis que je te connais. Et toi ?

— Il en va de même pour moi.

— Mon ami brûle d'impatience de te connaître.

— Cela ne dépend que de toi.

— Je préférerais qu'il se concentre plutôt sur ton amie. Lui as-tu déjà parlé de nos projets ?

— Oui.

— Et alors ?

— Il faudra que nous trouvions quelqu'un d'autre.

Il la regarda, incrédule.

— Elle refuse ?

part une vieille dame, ils ont tous des métiers qui les obligent à se déplacer souvent. Et avec la vieille dame, il fait strictement ce qu'il veut.

— Est-ce que je peux te rendre ce service ?

— Véra, déclara Max en riant, je connais parfaitement tes sentiments à l'égard de ce chien, sentiments tout à fait compréhensibles, je tiens à le souligner. C'est pourquoi tu serais vraiment la dernière personne à qui j'imposerais pareille corvée.

— Il n'empêche que tu pourrais tout de même accepter ma proposition. Pour toi, je serais prête à tout !

— C'est gentil, mais j'espère ne pas devoir recourir à tes services.

— Tu m'appelleras de Francfort ?

— Volontiers, mais il faudrait que tu me donnes tes numéros, celui de ton domicile et celui du magasin. (Véra nota les deux sur un papier qu'il glissa dans sa poche.) Maintenant, il faut que je me sauve.

Moritz, qui savait depuis longtemps ce que ces mots signifiaient, se dirigea immédiatement vers la porte. Il s'était ennuyé durant toute cette visite. Dès qu'ils étaient entrés dans le magasin, son maître lui avait ordonné de s'asseoir et Moritz n'avait pas tenté d'enfreindre les ordres. Le rideau du fond n'avait aucun intérêt pour lui, cette fois-ci : il n'y avait personne derrière.

Sur le seuil de la porte, Albert essaya d'embrasser Véra furtivement. Mais l'entreprise échoua, non seulement parce qu'il n'en avait pas vraiment envie, mais aussi parce que Véra lui opposa une douce résistance.

— Pas dans le magasin, fit-elle pour toute explication.

Ils se contentèrent de se serrer la main.

— Et tu crois, insista Albert, qu'il n'y a vraiment rien à faire avec ton amie ?

— J'en suis convaincue.

— Elle n'est pas normale, ou quoi ?

— Ne me dis pas que vous n'êtes pas capables d'en dénicher une autre !

Il haussa les épaules, l'air dubitatif.
— Au revoir, à bientôt.
— Sois prudent, conseilla Véra en souriant.
Elle sortit avec lui sur le trottoir et le suivit du regard. Il se retourna après avoir fait quelques pas et lui fit un petit signe de la main.
— Appelle-moi ! lui cria-t-elle.
Il acquiesça de la tête mais dut ensuite concentrer toute son attention sur Moritz qui avait déjà pris une avance considérable.

Son séjour à Francfort fut plus long que prévu. Il dura presque une semaine. Les négociations qu'il devait mener se révélèrent plus difficiles qu'il ne s'y attendait. C'est pourquoi il appela Véra à deux reprises : la première fois un soir, alors qu'elle venait de rentrer chez elle. Elle fut ravie de constater qu'il tenait sa promesse.
— Où es-tu ? lui demanda-t-elle.
— A mon hôtel, pourquoi ?
— J'entends de la musique.
— Il y a la radio dans toutes les chambres, ici.
— Tu es seul ?
— Non, fit-il en riant, je suis en compagnie d'une Francfortaise très sexy !
— J'espère bien que tu mens !
Il ne mentait pas.
— Et qu'en est-il de ton côté ? Qui est avec toi ?
— Personne.
— J'espère bien que tu ne mens pas !
Elle mentait.
Ni l'un ni l'autre n'était seul. Mais le cas de Véra était un peu différent de celui d'Albert.
— Je voudrais te demander un service, Véra.
— Oui ?
— Appelle mon ami. J'ai déjà tenté de le joindre à plusieurs reprises, mais ça ne répond pas, et demain je n'aurai pas le temps. Aujourd'hui, ce n'est plus la peine d'essayer, car comme je le connais, il est sûre-

ment dans un bistro quelconque et ne rentrera que tard ce soir. Tu veux bien me rendre ce service ?

— Mais certainement. Donne-moi son numéro, je vais le noter.

— Dis-lui qu'il faut une fois de plus qu'il s'occupe de Moritz. Je ne peux pas quitter Francfort...

— Ah bon ? l'interrompit-elle.

— Oui, je voulais te le dire. Je ne pourrai pas rentrer avant deux ou trois jours.

— Oh ! s'écria-t-elle.

— Je ne peux rien y changer, Véra, je suis désolé. Dis à Karl qu'il doit emmener le chien chez les Bruckner, à Milbertshofen.

— Chez qui ?

— Chez les Bruckner, à Milbertshofen... Bruckner comme Anton Bruckner, le célèbre musicien... Moritz est chez les Hahn en ce moment. Karl est au courant, Véra, il connaît toutes ces adresses. Les Hahn vont recevoir de la visite après-demain : un couple marié avec deux tout jeunes enfants. Il ne faut pas qu'ils entrent en contact avec des chiens, disent les parents. Voilà pourquoi Moritz doit partir. Ce cabot finira par me rendre fou. Si j'avais pu rentrer plus tôt, le problème aurait été réglé. Tu appelleras Karl ?

— Sans faute, Albert.

— De toute façon, c'est la dernière fois que se posera ce problème.

— Qu'as-tu l'intention de faire ?

— J'ai déjà décidé de ce que je ferai de ce chien à mon retour.

— A quoi as-tu pensé ?

— A une solution radicale.

— Albert ! s'exclama Véra. Tu ne vas tout de même pas le faire piquer ?

— Qu'est-ce qui m'en empêche ? Tu vois bien que je ne peux plus me permettre de quitter Munich sans que cela pose des problèmes. Je ne vais tout de même pas changer de métier à cause de lui !

— Il doit bien y avoir d'autres solutions.

— Véra, répondit Albert, surpris, qu'est-ce qui te prend ? Depuis quand es-tu si sensible au sort de ce chien ?

— La question n'est pas là. En fait, je le déteste.

— Dans ce cas, nous sommes d'accord, et tu m'accompagneras quand j'irai le faire piquer.

— Jamais !

C'était un cri du cœur.

— Mais pourquoi, Véra ? Moi qui te croyais logique avec toi-même !

— Ah ! laisse-moi tranquille avec ta logique ! Tu t'adresses à une femme, pas à un homme ! C'est tout dire.

— Vous êtes toutes les mêmes ! observa-t-il en riant.

Ce faisant, il lança un coup d'œil vers la jeune femme qui se prélassait, nue, à côté de lui. Elle saurait comment s'y prendre pour abréger cette conversation… En fait, cela ne la dérangeait pas vraiment qu'il téléphone à une fille de Munich. Elle ne voyait pas en elle une rivale. Mais ce coup de fil durait tout simplement trop longtemps à son goût. Au vrai, elle n'était pas amoureuse d'Albert Max, mais elle aimait bien faire l'amour avec lui quand il passait à Francfort. Elle était mariée, richement mariée. Malheureusement, son mari n'était plus à même de satisfaire ses exigences. Que pouvait-elle faire d'autre ? Elle n'avait pas la force de caractère nécessaire pour freiner un peu ses appétits, elle ne le souhaitait pas, d'ailleurs.

Elle passa donc à l'attaque et, soudain, Albert poussa un soupir…

Véra était en train de demander pourquoi le chien ne pouvait pas trouver refuge chez Karl.

— Ce serait la chose la plus… (Il y eut un silence.) Albert ? C'est toi qui as…

— Quoi donc ?

— Tu n'as pas entendu ce bruit ?

— Non.

— Bizarre… Je dois m'être trompée, ou alors il y a de la friture sur la ligne.

— Tu me demandais pourquoi Karl ne se chargeait pas du chien...
— Oui.
— C'est impossible. Le chat d'un voisin lui rend souvent visite et Moritz se jette sur tous les chats qu'il voit. Je n'y peux rien. Raison de plus de m'en débarrasser.
— Nous en reparlerons quand tu re... (Elle s'interrompit un instant.) Encore ce bruit ! Tu ne peux pas ne pas l'avoir entendu !
— Mais non, vraiment. (Il toussota.) Il faut que je te quitte, Véra. J'attends un coup de fil important. Quelqu'un qui ne s'y reprendra pas à deux fois s'il n'arrive pas à me joindre immédiatement. Tu comprends ?
— Bien sûr, chéri. Pourquoi ne l'as-tu pas dit plus tôt ? Raccroche vite... Je t'embrasse.
— Je t'embrasse aussi...
— C'est *moi* que tu vas embrasser maintenant, murmura une voix langoureuse à côté d'Albert, lorsqu'il eut raccroché. Et ce ne sera qu'un début...
Les choses se passèrent à peu près de la même façon à Ottobrunn, même si, chez elle, Véra n'était pas aussi enthousiaste que l'était Albert dans sa chambre d'hôtel.
Véra était en compagnie d'un très vieil ami qui lui avait rendu une visite tout à fait inattendue. Tous deux avaient songé à se marier dans le passé, mais ils s'étaient vite rendu compte que c'eût été peu sage et s'étaient abstenus. Ils avaient toutefois gardé l'habitude ô combien agréable de faire l'amour de temps en temps. Lui s'était marié entre-temps ; il aimait beaucoup son épouse, mais ne dédaignait pas le changement. Jusqu'à présent, il avait eu la partie facile avec Véra. Elle essayait bien parfois de lutter contre elle-même, mais elle y parvenait rarement. Son désir l'emportait.
— Conny, fit-elle à l'homme qui enfumait son appartement avec ses cigarettes, sais-tu qui vient de m'appeler ?
— Ton nouvel amant, je suppose ?
— Ce sera le dernier.

— Félicitations !

— C'est la raison pour laquelle tu t'es déplacé pour rien, aujourd'hui.

— Véra, s'écria-t-il, tout surpris, tu ne vas pas me dire que tu veux renoncer à nos adorables petites habitudes ?

— Si, c'est exactement ce que je veux dire.

— Véra ! (Elle secoua énergiquement la tête.) Mais pourquoi ?

— Parce que je l'aime, Conny.

— Et alors ? Tu crois peut-être que je n'aime pas ma femme ? Est-ce que je t'ai jamais dit une chose pareille ?

— Non.

— Tu vois bien. Cela n'empêche rien entre nous. (Conny écrasa sa cigarette, se leva, fit le tour de la table et vint s'asseoir à côté de Véra sur le canapé.) Ne crois pas que je veuille lui contester sa place dans ton cœur, chérie.

Il ne s'agit pas de mon cœur, pensa Véra, à qui la proximité de Conny donnait des frissons.

Conny, bien que relativement jeune, n'en était pas moins un vieux renard, et il s'en rendit compte. Il lui embrassa l'oreille. Le trouble de Véra ne fit que croître.

— Non, Conny ! le supplia-t-elle.

— Si, Véra, murmura-t-il.

Véra perçut son souffle chaud dans le creux de son oreille.

— Conny...

— Véra...

Elle sentait le poids de son corps contre elle.

— Non... dit-elle une dernière fois.

— Si...

Véra s'abandonna.

La deuxième fois, Max appela Véra vers midi au magasin, mais il ne put la joindre directement.

Il entendit une voix de femme au bout du fil :

— Maison de couture Sonja, bonjour !

— Bonjour, Véra. Tu es enrhumée, ou quoi ? Tu as une drôle de voix.

— Je ne suis pas Véra. Je peux lui laisser un message ? C'est de la part de qui ?

— De la part de Max.

Il y eut un silence, puis la femme qui n'était pas Véra déclara sur un ton nettement plus froid :

— Mlle Lang est partie déjeuner, mais elle devrait revenir bientôt. Rappelez dans quelques instants.

— D'accord, merci... Allô !... (Rien.) Allô !... Mais vous, qui êtes-vous ?

Elle avait raccroché.

Irrité, Max raccrocha à son tour. Il avait l'impression de s'être fait expédier en quatrième vitesse. Oui, expédier, c'était exactement le terme qui convenait. Inutile de se demander par qui. C'était évidemment la propriétaire du magasin.

On ne peut pas dire qu'il y ait beaucoup de personnel, dans ce magasin, songea-t-il avec mépris. Quand la seule et unique vendeuse va déjeuner, la patronne est obligée de prendre la relève. Et puis, attention, ce n'est pas un *magasin,* c'est une *maison de couture* maintenant !

Après avoir fumé une cigarette, il rappela. Cette fois, il eut Véra au bout du fil.

— On m'a dit que tu avais appelé.

— C'est étonnant !

— Qu'est-ce qui est étonnant ?

— Je suis surpris qu'on ait eu l'amabilité de t'en avertir.

— Mais qu'est-ce que tu as ? Tu sembles irrité.

— Il ne faut rien exagérer. Mais tout de même, j'ai été surpris par les manières de cette fille. Dis-moi, est-ce qu'elle te traite aussi comme ça ?

— Mais de qui parles-tu ? demanda Véra prudemment.

— De ta patronne.

Donc, il ne l'a pas reconnue, se dit-elle.

Elle répondit en conséquence :
— Je ne peux pas me plaindre, Albert.
— Et depuis quand se considère-t-elle comme la propriétaire d'une *maison de couture* ?
Véra se mit à rire.
— Depuis hier. Nous avons fait changer l'enseigne.
— Tu sais ce que j'en pense de toute façon.
— Quand reviens-tu, chéri ?
Véra pensait à son aventure avec Conny et avait mauvaise conscience.
— Après-demain, chérie.
— Je suis ravie. Quel vol ?
— Je ne sais pas encore. Pourquoi ?
— Je serais volontiers venue te chercher à l'aéroport.
— Tu auras d'autres occasions de le faire.
— Tu voyages si souvent que cela ?
— N'exagérons rien. Parfois, il m'arrive de ne pas quitter Munich pendant des mois. Tu sais ce que cela veut dire ?
— Non.
— Cela veut dire que tu dois t'attendre à me supporter jusqu'à l'ennui...
— Quel adorable ennui !
— Ne parle pas trop vite ! fit-il sur un ton de feinte menace. (Lui ne pensait pas à sa partenaire de Francfort et ne pouvait donc avoir mauvaise conscience.) As-tu appelé Karl ?
— Bien sûr, s'empressa-t-elle de répondre. Dès le lendemain matin.
— Hou ! la la ! J'aurais dû te mettre en garde.
— Oui, il ne paraît pas avoir le même rythme biologique que les gens comme toi et moi. J'ai eu beaucoup de mal à établir le dialogue. Il avait commencé par envoyer au diable tout le monde, moi, toi, et surtout ton chien.
— Il ne faut pas lui en vouloir, Véra. C'est un excellent ami. Il ne réagit ainsi que lorsqu'on a le malheur de le tirer de son sommeil.
— Ne t'en fais pas, Albert, c'est exactement l'impres-

sion que j'ai eue. A la fin de la conversation, je le trouvais même tout à fait charmant.
— Charmant ?
— Oui. Il veut que je pose pour lui.
Ça, pensa Albert, c'est ce qu'il leur dit à toutes.
— J'espère qu'il n'a pas oublié de s'occuper de Moritz ?
— Non, non. Il a réglé le problème le jour même.
— Comment le sais-tu ?
— Il m'a rappelée pour m'annoncer qu'il avait accompli sa mission.
— Ah bon ! Il a fait ça ?
— Oui.
— Et rien d'autre ?
— Comment ça, rien d'autre ? Je ne vois pas de quoi tu parles...
— Véra, je le connais bien. Pourquoi ne m'avoues-tu pas qu'il a profité de l'occasion pour t'inviter à lui rendre visite dans son atelier ?
— Tu trouves que c'est vraiment si important, Albert ? L'important, me semble-t-il, c'est que je n'y sois pas allée, ou que je n'y aille que plus tard, en ta compagnie. Ce sera une occasion de voir sa caverne, comme il l'appelle. (Tous deux se mirent à rire.) Ton fameux coup de fil s'est bien passé ?
— Quel coup de fil ?
Albert n'avait pas la moindre idée de ce dont elle voulait parler.
— Voyons ! Quelqu'un devait t'appeler l'autre soir.
— Ah oui ! (Albert se frappa le front si vigoureusement que Véra l'entendit.) Figure-toi que ce type n'a donné de ses nouvelles que le lendemain soir. Moi, j'avais attendu son coup de fil la moitié de la nuit. Mais les gens sont comme ça. Cela ne risque pas de m'arriver une deuxième fois, crois-moi !
— J'imagine que tu devais être furieux, mais...
Véra venait de remarquer que la porte du magasin s'était ouverte. Une dame d'un certain âge entra, accompagnée d'une adolescente tout en jambes.

— Chéri, lança Véra hâtivement, il faut que je te laisse, j'ai des clientes. Quand nous revoyons-nous ? Après-demain, disais-tu ? Appelle-moi dès ton retour. A bientôt !

— A bientôt, répondit Albert à son tour.

Mais Véra avait déjà raccroché.

La dame se révéla être la mère de l'adolescente, laquelle s'appelait Sabine. Elle portait un jean et un tee-shirt sous lequel il n'y avait rien.

L'indifférence qu'affichait ouvertement la jeune fille montrait qu'elle n'avait pas eu la moindre envie d'entrer dans ce magasin. C'était sa mère qui, sans nul doute, avait dû l'y traîner de force. Elles furent accueillies par Véra et Sonja.

— Je voudrais une jolie robe pour ma fille, déclara la dame.

Pour se faire une idée plus précise des désirs de la cliente, Sonja demanda :

— A quoi pensiez-vous, madame ? A une robe d'été ou d'hiver ? A une robe habillée ? Avez-vous une préférence pour une étoffe particulière ?

Le regard de la mère se porta avec tendresse sur sa fille.

— Qu'est-ce qui te ferait plaisir, mon enfant ?

La réponse de Sabine fut plutôt abrupte.

— « Mon enfant » ! Tu sais bien que j'ai horreur que tu m'appelles comme ça !

— Excuse-moi, Sabine.

— Et de toute façon, c'est toi qui as eu cette idée bizarre de m'acheter une robe. Les filles d'aujourd'hui portent des pantalons.

— Tu en as déjà une demi-douzaine, alors que tu ne possèdes pas une seule robe.

— Que veux-tu que j'en fasse ? Ça fait deux semaines que tu m'ennuies avec ça.

— Sabine, je t'en prie, change de ton, et rappelle-toi ce que nous avons décidé toutes les deux hier soir. Est-ce que tu m'as promis de m'accompagner en ville aujourd'hui, oui ou non ?

— Je l'ai fait uniquement parce que tu te serais arraché les cheveux de désespoir si j'avais refusé.

— Et ton père ? Il ne s'arracherait pas les cheveux, lui, et pourtant, tu lui as promis la même chose. Il a dit qu'il aimerait bien voir à quoi tu ressembles avec une robe.

Sonja et Véra suivaient ce dialogue avec inquiétude. Il s'agissait là d'un aspect de ce qu'on appelle le conflit des générations. Sonja craignait surtout que la vente qu'elle espérait faire ne soit compromise. Mais finalement, les choses allèrent assez vite, à la surprise générale. Sabine regarda sa montre. Elle avait un rendez-vous très important avec une amie dans un magasin de disques. Elle renonça donc à jouer les enfants rebelles et c'est ainsi que fut vendue en moins d'un quart d'heure la robe qui plaisait le plus à sa mère. Sabine ne daigna même pas l'essayer, affirmant que ce torchon finirait de toute façon au fond d'une armoire.

Tout en emballant la robe, Sonja demanda comme de coutume à sa cliente :

— Vous désirez autre chose ?

Sabine fit signe que non.

Sa mère, en revanche, répondit :

— Oui. (Elle révéla alors un secret dont elle n'avait rien dit à sa fille :) Avez-vous aussi des soutiens-gorge ?

— Bien sûr ! acquiesça Sonja.

— Maman, je suppose que tu n'as plus besoin de moi, maintenant. J'ai rendez-vous avec Gerda dans une demi-heure et je ne veux pas...

— Il faudra pourtant que tu sacrifies encore quelques minutes de ton temps. Nous avons besoin de toi.

Sans se douter le moins du monde de ce qui se tramait, Sabine rétorqua :

— Vous avez besoin de moi ? Mais pourquoi ?

Qu'ai-je à voir avec les soutiens-gorge de maman ? se demandait-elle.

Elle se trompait radicalement.

— Il vaut mieux ne pas choisir au hasard. Un essayage sera nécessaire.

Il y eut un court silence.

— Maman ! s'écria Sabine.

— Oui ?

— Est-ce que tu veux dire par là que cette... cette chose m'est destinée ?

La dame, qui savait combien les choses seraient difficiles à faire accepter à sa fille, prit son élan :

— Sabine, tu es arrivée à un âge...

— Maman !

— ... à un âge...

— Maman, inutile de continuer ! Il n'est pas question que je joue à ce jeu-là !

— Quel jeu ? Tu ne sais même pas de quoi tu parles.

— Si, si, je le sais parfaitement. Tu veux me ridiculiser aux yeux de tout le monde.

— Je veux quoi ?

— Me ridiculiser.

— Mais non, mon enfant, qu'est-ce que c'est que ces bêtises ? Toutes les jeunes filles convenables finissent un jour ou l'autre par porter un soutien-gorge.

— Plus aujourd'hui, voyons ! Il y a cent ans, peut-être, de ton temps...

— Sabine, je t'en prie ! Je n'ai pas encore cent ans, que je sache !

— Mais tes idées ont cent ans !

— Mes idées, en l'occurrence, sont aussi celles de ton père.

— Il a dit ça ?

— Oui !

— Je ne le crois pas.

— Tu ne crois pas ton père ?

— Non, parce que je sais que les hommes de sa génération, précisément, aiment bien nous regarder à cet endroit-là.

— Sabine ! Es-tu devenue folle ? (Elle avait rougi jusqu'aux oreilles et se tourna vers Sonja et Véra.) Avez-vous entendu, mesdames ? (Elle leva les yeux au ciel, l'air accusateur.) Voilà comment la jeunesse d'aujourd'hui parle de la génération à laquelle elle doit tout ! Où allons-nous, je vous le demande ?

Sabine ne céda pas.

— Maman, tu peux dire ce que tu veux, je ne mettrai pas une chose pareille. Les garçons en mourraient de rire.

— Quels garçons ? interrogea sa mère d'un ton méprisant.

— Tous !

L'honorable dame comprit qu'elle avait perdu la bataille. Il ne lui restait qu'à tenter de sauver la face.

— Tous ? Eh bien, je te félicite pour tes fréquentations !

— Il n'y a absolument rien à redire à mes fréquentations.

— Je présume tout de même que ces garçons sont assez bien élevés pour ne pas parler de ce genre de choses avec vous.

— Mais bien sûr que si ! répliqua Sabine, toute réjouie. En fait, c'est leur sujet de conversation favori.

La mère ne dit plus rien et se contenta de regarder silencieusement Sonja et Véra qui déployaient une énergie désespérée pour ne pas éclater de rire.

— Je peux partir, maintenant ?

— Avec qui as-tu rendez-vous, disais-tu ? s'enquit la mère sans pour autant se montrer très intéressée par le sujet.

— Avec Gerda.

— Je la connais ?

— Non.

— Quand rentres-tu ?

— Je ne sais pas encore.

— Fais-lui mes amitiés.

— A qui ?

— A ton amie.

— Mais elle ne te connaît même pas !

— Ah bon ! Alors, ne dis rien.

— Au revoir, maman, fit la jeune fille.

Elle fit un signe de tête en direction de Sonja et de Véra et se dirigea vers la sortie.

— Au revoir, mon enfant.

Il valait mieux que Sabine n'ait pas entendu cette dernière phrase, sinon c'eût été l'occasion d'une nouvelle scène avec sa mère.

Trois jours plus tard, Sonja aperçut de nouveau une vieille connaissance devant le magasin.

— Véra, s'écria-t-elle, tu as de la visite !

Et elle se précipita dans sa cachette habituelle, derrière le rideau au fond du magasin.

Véra ouvrit la porte pour faire entrer Moritz et accueillir son maître, ce qui était de loin le plus important pour elle. Comme d'habitude, Moritz avait une large avance sur son maître.

Albert Max fit un signe de loin. Véra se tenait sur le pas de la porte et lui répondit en souriant.

Il est vraiment beau garçon, songea-t-elle en le voyant arriver.

Une fille fabuleuse, pensa-t-il en se rapprochant.

Puis il y eut le petit jeu habituel des questions et des réponses.

— Comment vas-tu ?

— Bien, et toi ?

— Ça va, merci. Je t'ai manqué ?

— Beaucoup. Et moi, je t'ai manqué aussi ?

— Enormément.

Et ainsi de suite...

A l'intérieur du magasin, Max chercha des yeux son chien.

— Où est Moritz ?

Presque au même moment, son regard tomba sur le rideau.

— Moritz ! (Pas de réponse.) Moritz, qu'est-ce que tu fabriques encore ? Sors de là ou je vais te chercher, et ce sera ta fête !

Le chien apparut, sans faire preuve de trop d'empressement. A le voir, on pouvait deviner qu'il aurait volontiers prolongé sa visite derrière le rideau.

— Assis ! ordonna son maître. (Puis il s'adressa de nouveau à Véra.) Qu'y a-t-il de si passionnant derrière ce rideau pour qu'il aille constamment y fourrer son nez ?

Véra haussa les épaules.

— Des bons de livraison, des factures, des vieux cartons...

Albert secoua la tête.

— Je n'arrive pas à comprendre que cela puisse l'intéresser à ce point.

— Tu as fait bon voyage ? lui demanda Véra pour détourner la conversation.

— Oui, mais tu sais, c'est un saut de puce de Francfort jusqu'ici.

— Quand es-tu arrivé ?

— Hier soir.

— Tu aurais pu m'appeler.

— Je voulais le faire, mais j'ai dû m'occuper d'abord du chien pour délivrer Karl de ce fardeau, et après, il était trop tard. Je t'aurais réveillée.

— Cela ne m'aurait pas dérangée.

— Que fais-tu ce soir ?

— Rien de particulier. Je pensais tout au plus m'affaler sur mon divan et regarder la télévision. Pourquoi ?

— Parce que moi aussi je m'affalerais volontiers sur ton divan.

— Ce n'est pas impossible à réaliser.

— Mais pas pour regarder la télévision...

— On verra bien.

— A quelle heure veux-tu que je vienne te prendre ? Comme d'habitude ? Ou bien est-ce qu'il t'arrive de finir plus tard ?

— Non, au contraire, viens une heure plus tôt, cette fois. Comme ça, nous pourrons faire les courses ensemble si tu as envie de quelque chose de particulier. Nous dînons chez moi, n'est-ce pas ?

— Avec plaisir, mais tu es sûre que tu peux te

permettre de partir une heure plus tôt ? Que va dire ta patronne ?

— Ne t'inquiète pas, elle sera d'accord.

— Tu es sûre ?

— Oui, sûre et certaine.

— A mon avis, elle va te faire des difficultés.

— Mais non, répondit Véra, la mine toute réjouie. Elle me connaît bien. Il suffira d'un regard quand elle reviendra tout à l'heure et elle aura compris.

— Ne te moque pas de moi, s'il te plaît. Ne me dis pas qu'elle a le don de divination.

— Viens me chercher, et tu pourras constater qu'il n'y a pas de problème, rétorqua Véra en riant.

— As-tu parlé à ton amie ?

— De la voile ?

— Oui.

Véra hocha la tête.

— Inutile, Albert, je connais sa réponse à l'avance.

— Bon, dans ce cas, il faudra se résoudre à trouver une autre fille.

— C'est bien ce que je te disais.

Albert revint sur la soirée qu'ils projetaient de passer ensemble.

— Qu'est-ce que tu aimes boire ? Dis-le-moi, car j'aimerais me charger des boissons pour ce soir, et je veux m'en occuper d'ici là.

— J'ai tout ce qu'il faut.

— Même du champagne ?

— Même du champagne !

Il pensait encore à sa réplique tandis qu'il se rendait chez son ami.

Pour une vendeuse, elle ne s'en sort pas trop mal. Tout le monde n'a pas du champagne en réserve. Et les bijoux qu'elle porte sont tout ce qu'il y a de plus correct. Cela m'avait frappé dès le début. Est-ce qu'elle gagne si bien sa vie ? Ou bien en a-t-elle hérité ? A moins qu'il ne s'agisse de cadeaux...

Karl Thaler fut surpris de trouver Max et Moritz devant sa porte lorsqu'il ouvrit.

— Entrez, invita-t-il. Qu'y a-t-il ?

— Peux-tu me consacrer un quart d'heure ?

— Ce que je possède en quantités énormes, mon vieux, c'est du temps !

Quand ils se furent assis, Karl sur sa chaise branlante, Albert sur un vieux divan et Moritz sur une paillasse entre le radiateur et l'armoire, Albert parla.

— Je suis allé voir Véra.

— Elle t'a dit que je voulais qu'elle pose pour moi ?

— Elle me l'a appris au téléphone quand j'étais encore à Francfort. Aujourd'hui, nous avons parlé d'autre chose.

— Et de quoi donc ?

— De son amie. Ça ne va pas marcher avec elle.

— C'est celle qui te plaisait tant ?

— Exactement. Les choses sont claires : je ne l'intéresse pas. Maintenant, c'est à toi de jouer.

— Je croyais que je devais me charger de Véra... riposta Karl en ricanant.

— Certes, mais auparavant, il faut que nous parvenions à attirer l'autre. Et cela dépend de toi.

— Et comment veux-tu que je m'y prenne ?

— Essaie de la rencontrer, lance tous tes appâts pour qu'elle morde à l'hameçon.

— Je suis sûr que cela ne mettrait pas très longtemps, fit Karl en souriant. Mais quel avantage en retirerais-tu ? Ce n'est pas cela que tu voulais.

— Ne t'inquiète pas. Je t'en débarrasserai le moment venu.

— Tu entends par là que lorsqu'elle nous verra tous les deux ensemble, je ne soutiendrai pas la comparaison ?

— Je ne voulais pas exprimer les choses aussi brutalement, mais puisque tu l'as fait toi-même, je ne peux que confirmer !

Les éclats de rire qui suivirent n'étaient qu'une preuve supplémentaire de la solide amitié qui les liait.

— Tu me conseilles de chercher à la rencontrer, reprit Karl. Et après ?

— Tu passes à Véra.
— Mais je ne la connais pas non plus.
— Il en est grand temps. Le meilleur moyen, c'est d'aller la voir là où elle travaille. Vas-y, peut-être auras-tu la chance d'y rencontrer aussi l'autre, car j'ai ma petite idée à ce sujet.
— A savoir ?
— Moritz a un comportement bizarre là-bas. Au fond du magasin, il y a un lourd rideau derrière lequel il y a parfois quelqu'un que Moritz connaît, ça se devine. Et qui peut-il bien connaître dans ce magasin ? Véra et Sonja, les deux filles qu'il a rencontrées avec moi.
— Mais alors, cela voudrait dire qu'elle se cache. Et pourquoi ?
Albert haussa les épaules.
— Je n'en sais rien.
— Et si ce n'était pas le cas ? Si ce n'était pas Sonja qui attire tant Moritz ?
— Dans ce cas, il y a peut-être une autre possibilité d'entrer en contact avec elle, par l'intermédiaire de Véra. Je suis sûr que tu y arriveras. Mais je crois que mes soupçons sont justifiés. Je connais bien mon chien. Il accorde et refuse sa sympathie de façon très marquée. Il ignore superbement Véra et, en revanche, il a adoré Sonja dès le premier moment. Et dans les deux cas, ces sentiments étaient réciproques.
— Que fait Sonja dans la vie ?
— Aucune idée. Pourquoi veux-tu le savoir ?
— Parce que si ta théorie se révèle exacte, elle est trop souvent avec Véra au magasin. Est-ce qu'elle est si libre que cela ?
— Apparemment oui.
— Dans ce cas, ou bien elle est au chômage, ou bien elle peut se permettre de ne pas travailler.
— A toi d'éclaircir ce mystère.
Karl Thaler approuva d'un signe de tête.
— Bon, je passerai à l'offensive dans les jours qui viennent.

— Et pourquoi pas dès aujourd'hui ? Pourquoi pas tout de suite ? demanda Albert.

— Maintenant ? Pourquoi es-tu si pressé ?

— Parce que j'arrive à l'instant du magasin et que Sonja pourrait bien s'y trouver encore.

— Bon, soupira Thaler, j'y vais...

L'homme qui entra peu de temps après dans le magasin fit une forte impression à Sonja. Il était grand et mince, beau, il avait l'air intelligent, la mine réjouie et le teint reposé. Toutefois, à son goût, il aurait pu être mieux habillé. Ses chaussures de sport lui firent plutôt mauvais effet. Il faudrait absolument qu'il perde l'habitude de les mettre. Sonja n'eut pas conscience de l'intérêt excessif qu'elle portait ainsi à un homme qu'elle voyait pour la première fois.

— Bonjour, salua-t-il. Vous êtes Mlle Véra Lang ?

Sonja, déçue, fit signe que non. Et elle s'en voulut immédiatement d'avoir pu être déçue.

— Mlle Lang doit revenir d'un instant à l'autre. Elle est partie à la banque.

Sans rien dire, l'homme regardait Sonja. Sur son visage, on pouvait lire la question qu'il se posait : « Et vous, qui êtes-vous, si vous n'êtes pas Véra Lang ? »

Pour toute réponse, Sonja lui indiqua un tabouret.

— Prenez place, si vous voulez l'attendre.

— Merci.

En s'asseyant, il croisa les jambes, ce qui mit ses chaussures de sport encore plus en évidence. Sonja détourna les yeux.

Qui est-elle ? se demandait Karl Thaler. Elle est soit la patronne, soit l'amie. A en juger par la situation, elle serait plutôt la patronne, car sinon, Véra n'aurait pas pu abandonner ainsi le magasin. Mais à la voir, elle pourrait tout aussi bien être l'amie. C'est une fille splendide. Si c'est elle dont parlait Albert, il n'a pas exagéré.

Sonja regarda en direction de la porte.

— Je crois qu'elle arrive, remarqua-t-elle.

Celle-là aussi mérite un vingt sur vingt, pensa Karl lorsqu'il vit entrer Véra dans le magasin.

Véra ne prêta cependant pas attention à lui. Elle était trop préoccupée par la sacoche qu'elle portait et dont elle voulait se débarrasser au plus vite. Elle la tendit à Sonja.

— Merci, fit Sonja. Il y a là un monsieur qui t'attend.

Ce n'est qu'à ce moment que Véra regarda l'inconnu.

— Oui ? dit-elle, l'air interrogateur.

— Bonjour, mademoiselle Lang. Je suis Karl Thaler...

Véra comprit immédiatement de qui il s'agissait.

— Ah oui ! répondit-elle aimablement. Vous êtes l'homme qui voulait que je pose pour lui avant même de m'avoir vue !

— Ce n'est plus tout à fait exact à présent, riposta-t-il en riant. Et je ne peux que me tirer mon propre chapeau : quel flair j'ai eu au téléphone !

Ils se serrèrent la main et éprouvèrent dès le premier instant de la sympathie l'un pour l'autre. Ensuite, Thaler fit mine de se fâcher et la menaça du doigt.

— Nous pourrions déjà être en train de servir la cause des beaux-arts, mais vous avez cru bon de dédaigner mon invitation.

— Je vous prie de m'excuser, je n'avais pas le temps.

— Eh bien, chère madame, vous voyez qu'une fois de plus c'est la montagne qui est allée à Mahomet, puisque Mahomet n'est pas venu à elle...

C'est un homme charmant, pensa Véra, mais il semble aussi que ce soit un écervelé. Ça se sent.

Sonja s'était réfugiée derrière le rideau où elle était, comme toujours, le témoin de tout ce qui se disait dans le magasin, qu'elle le voulût ou non. Elle n'était pas encore arrivée à savoir qui était cet homme. Elle allait cependant rapidement l'apprendre.

— Votre ami aussi est venu me voir aujourd'hui, entendit-elle Véra déclarer.

— Ah bon ? répliqua Karl innocemment.

— Avec Moritz.

— Ces deux-là sont inséparables.

— Bien obligés !

— Ça m'en a tout l'air, oui.

— J'ai appris que vous vous occupiez assez souvent du chien.

Karl poussa un soupir résigné.

— Que puis-je faire d'autre ?

Le téléphone sonna. Véra alla répondre. L'appareil ne se trouvait pas dans le refuge de Sonja, mais dans le magasin même. C'était d'ailleurs le seul endroit possible, car si l'une ou l'autre s'était trouvée seule, elle n'aurait pas pu abandonner les clients dans le magasin pour aller décrocher.

C'était un fournisseur. Il voulait parler à la propriétaire.

— Un instant, s'il vous plaît, fit Véra. (Elle reposa le combiné sur la table.) Sonja ! C'est pour toi.

Karl Thaler ne perdit pas une bribe de ce qu'il entendit. Evidemment, la conversation téléphonique ne lui apporta pas d'informations supplémentaires, car Sonja se contenta de répondre oui ou non, et à la fin, elle ajouta qu'elle n'était pas encore décidée.

Pendant tout le temps que dura l'entretien, Karl et Véra n'échangèrent pas un mot, pour ne pas déranger Sonja. De cette façon, Karl put écouter plus aisément Sonja, pour le cas où elle aurait dit des choses dignes d'intérêt.

Après avoir terminé sa conversation, Sonja se retira de nouveau derrière son rideau.

— Voilà déjà un début, observa Karl. Comment les choses vont-elles continuer ?

— De quoi parlez-vous ? lui demanda Véra.

— Du début de nos relations. Ou bien avez-vous le sentiment qu'elles ne valent pas la peine d'être poursuivies ?

— Si, si ! s'empressa-t-elle de répondre.

— C'est bien ce qui me semblait. C'est pourquoi je vous demande si vous n'auriez pas envie de m'accompagner dans un affreux bistro.

— Un affreux bistro ?

— Il s'agit de mon quartier général. Il faut bien que les gens là-bas voient une fois dans leur vie ce que c'est que la vraie beauté.

Véra se mit à rire.

— Et vous n'avez rien de moins... affreux sur vos tablettes ?

— Il faut voir. Si je comprends bien, vous êtes d'accord sur le principe ?

— Pourquoi pas ?

— Absolument, pourquoi pas ! Et quand ?

— Oui, quand ?

— Le mieux serait peut-être ce soir même ?

— Non, je suis désolée, c'est impossible. Ce soir... (elle hésita quelques instants)... je suis prise.

Elle ne se demanda pas un instant pourquoi elle ne lui disait pas qu'elle avait rendez-vous avec Max. D'ailleurs, c'était à Max de décider si cela regardait Karl ou non.

Le téléphone sonna de nouveau et Véra eut la surprise — agréable — de se trouver prise entre deux feux. Albert Max était au bout du fil.

— Véra, commença-t-il, as-tu déjà parlé à ta patronne au sujet de ce soir ? Est-elle d'accord ?

— Oui.

— C'est pour cela que je t'ai appelée. J'étais un peu inquiet. Il y a du nouveau, à part ça ?

— Oui. Devine qui est près de moi ?

— Aucune idée.

— Ton ami.

— Lequel ? Je n'en ai pas qu'un seul !

— Ton meilleur ami.

— Karl Thaler ?

— Exactement.

— Tu plaisantes ! s'exclama-t-il en feignant la surprise. C'est bien la dernière personne à qui j'aurais pensé. Il dort le jour et ne sort que la nuit. Que te veut-il ? Méfie-toi de lui.

— Sois tranquille !

— Passe-le-moi, s'il te plaît.

Véra tendit le combiné à Karl.

A l'autre bout du fil, Albert parlait maintenant à voix basse, afin que personne, à part son ami, ne puisse saisir la moindre bribe de ses propos.

— Comment cela marche-t-il, Karl ?

— Couci-couça.

— Véra est à côté de toi ?

— Presque.

— Bon, alors je vais parler encore plus doucement. (Et il baissa tellement la voix que Karl eut du mal à le suivre.) Fais attention à ce que tu dis... pour qu'elle ne se doute de rien.

— D'accord.

— Vous êtes seuls tous les deux ?

— Non.

— Ah ! Donc, l'autre était encore là quand tu es arrivé. Je m'en doutais.

— Ça, je n'en sais rien...

— Comment ?

— Je ne suis pas sûr qu'il y ait identité.

— Qu'est-ce que c'est que ce charabia ? Identité ? Quelle identité ? Identité entre qui et qui ?

— Entre... (Thaler eut une hésitation.) Je ne peux pas te le dire maintenant.

— Bon, je comprends, tu ne peux pas parler librement. J'ai une idée. Tu vas venir me voir à l'étude après, et tu me raconteras tout, d'accord ?

— D'accord.

— A tout de suite. Repasse-moi Véra.

Dans le feu de l'action, Albert Max oublia de parler de nouveau normalement lorsqu'il eut Véra au bout du fil.

— Le temps n'est pas à la pluie aujourd'hui, alors j'ai pensé...

Véra l'interrompit brusquement :

— Albert, je t'entends à peine, ta voix semble très lointaine.

— Moi, je t'entends parfaitement.

— Moi aussi, à présent. Que disais-tu ?

— Je disais que le temps n'est pas à la pluie. Je n'aurai donc pas besoin de risquer une fois encore une contravention en me garant juste devant la boutique. Je chercherai une place un peu plus loin et je viendrai à pied jusqu'à la boutique.

— D'accord, Albert.

— Ciao.

— Ciao.

Lorsque Véra eut raccroché, Karl Thaler montra du doigt le téléphone d'un air désapprobateur.

— Nous avons été dérangés...

— Oui. Nous étions en train de nous demander quand nous pourrions nous voir.

— Et que diriez-vous de demain ?

— Je ne sais pas... (Elle hésita un peu, car elle pensait aux signes de fatigue qui ne manqueraient pas d'apparaître si sa soirée avec Albert se passait comme elle l'imaginait.) Et après-demain ?

— Oui, après-demain il n'y a pas de problème.

Il ne leur restait plus qu'à se mettre d'accord sur les modalités pratiques — l'heure et l'endroit du rendez-vous.

Pour ce qui est des modalités, Karl Thaler sortait quelque peu de l'ordinaire. Sans éprouver la moindre gêne, il déclara :

— Cela va vous changer : je vous ferai prendre le tram. Je n'ai pas de voiture.

— Mais moi, j'en ai une.

— Dans ce cas, nous la prenons, répondit Karl tranquillement. Et à quelle heure ?

— Pas trop tard. A l'heure de la fermeture, vers six heures et demie. Cela vous convient ?

— Tout à fait. Je suppose que nous nous retrouverons ici ?

— Non, pas ici. Venez me rejoindre à la Lembachplatz, là où il y a la société de distribution cinématographique *Union*, vous savez ?

— Oui.

— Allez voir le gardien, il m'avertira.

— On vous connaît, là-bas ? s'étonna Karl.
— Oui.

C'est avec cette information que le peintre arriva peu après à l'étude de son ami Albert Max, comme ils en étaient convenus. Dans la pièce voisine, deux secrétaires qui travaillaient pour Max tapaient à la machine. On entendait distinctement le cliquetis des touches à travers la porte close.

Albert Max était plongé dans un dossier lorsque Karl Thaler fit irruption dans son bureau :

— Dis-moi, qu'est-ce qu'elle a à voir avec la société de distribution cinématographique *Union* ?

— Qui cela ? demanda Albert.

— Véra Lang.

Max repoussa le dossier sur son bureau, croisa les mains devant son visage et posa le menton sur ses pouces.

— Je ne comprends pas.

— Moi non plus, répliqua Karl Thaler. (Il répéta :) Qu'est-ce qu'elle a à voir avec l'*Union* ?

— Tu as bien dit Véra Lang ?

— Oui.

— Et tu es sûr qu'il s'agit de la société *Union* ?

— Absolument.

Max reposa les bras sur le bureau.

— Véra Lang n'a rien à voir avec la société de distribution cinématographique *Union*.

— Alors, écoute-moi un peu, fit Karl en riant. Après-demain, j'ai rendez-vous avec elle après son travail. Et sais-tu où ? Au siège de cette drôle de société.

Albert Max était certes un peu surpris par cette nouvelle, mais après un court instant de réflexion, il décréta :

— Je suppose qu'elle y va pour le compte de la boutique, pour leur proposer un devis, ou quelque chose comme ça...

— Tu crois ?

— Oui, pourquoi pas ? C'est l'explication la plus plausible.

— Dans ce cas, comment se fait-il qu'elle y soit aussi connue ?

— Connue ?

— Tout le monde la connaît là-bas, assura Karl en exagérant un peu. (Il ajouta, imitant la voix aiguë de Véra :) Allez voir le gardien, il m'avertira.

Max regarda son ami sans mot dire. Toutes sortes de choses lui passaient par l'esprit, des choses auxquelles il avait déjà réfléchi auparavant.

— Albert, reprit Karl au bout d'un moment, tu croyais pouvoir jouer à ce petit jeu avec cette fille. Mais j'ai bien l'impression que, pour l'instant, c'est toi le dindon de la farce. Tu ne crois pas ?

La voix d'Albert Max s'était assombrie un peu lorsqu'il répondit :

— Je n'arrive pas à comprendre l'intérêt qu'elle aurait à se faire passer pour une vendeuse si elle ne l'est pas. Et puis, tout cela me semble un peu louche. Véra, le magasin…

— A moi aussi, acquiesça Karl Thaler. Je ne pouvais pas m'exprimer plus clairement au téléphone quand je t'ai parlé d'identité. J'entendais par là qu'il m'était impossible de savoir si la fille que j'avais vue était bel et bien celle qui, selon toi, se cachait derrière le rideau. Car elle a pu tout aussi bien partir avant que je n'arrive. Et celle que j'ai vue pouvait être arrivée entre-temps, comprends-tu ?

— A quoi ressemblait-elle, celle que tu as vue ?

Karl Thaler se mit à décrire Sonja, mais Albert Max l'interrompit brusquement :

— Ça suffit ! C'est elle.

— C'est qui ?

— L'amie de Véra.

— Tu es sûr ?

— Evidemment ! Pourquoi n'en serais-je pas sûr ? Il n'existe qu'une seule fille avec un physique pareil. Pourquoi poses-tu cette question ?

— Parce que, à mon avis, c'est elle la patronne.

— La patronne ! s'écria Albert Max. (Karl opina.) Comment le sais-tu ?

Karl haussa les épaules.

— Je ne sais pas, moi... Sa façon d'être, un petit air de propriétaire, si tu vois ce que je veux dire.

Max regarda de nouveau son ami. Les pensées les plus diverses lui traversaient l'esprit.

Une des secrétaires entra. Elle venait faire signer une lettre. Elle attendait, debout à côté du bureau. Max lui avait signalé que cette lettre était urgente.

— Qu'est-ce qu'il y a ? questionna Max assez brutalement.

— Cette lettre doit partir aujourd'hui même.

— Qui a dit cela ?

— Mais vous, monsieur.

— Allez au diable !

Ce fut la goutte d'eau qui fit déborder le vase. Depuis plusieurs jours, la secrétaire avait le sentiment d'être malmenée et rudoyée par son patron et elle n'avait pas l'intention de se laisser faire plus longtemps. C'était une employée moderne, syndiquée, et elle avait un mari qui gagnait bien sa vie. Pas plus tard que la veille, alors qu'elle se plaignait amèrement de son patron, il lui avait conseillé de ne pas se laisser faire. Et le moment était venu.

— Vous me l'avez même dit deux fois, répliqua-t-elle.

— Qu'est-ce que j'ai dit deux fois ?

— Que cette lettre devait partir aujourd'hui même.

Max perdit son sang-froid.

— Je me fiche complètement de savoir ce que je vous ai dit. Disparaissez !

— Pardon ?

— Disparaissez !

Me Albert Max voulait dire par là qu'il ne lui restait qu'à retourner à sa machine et à taper la lettre suivante. Mais son attente fut déçue, car celle qu'il venait de rembarrer se dirigea sans un mot vers la sortie.

— Où allez-vous ? cria-t-il.

— Je disparais, répondit-elle en se retournant à moitié.

— Mais...

Il se tut. Il eût d'ailleurs été inutile d'ajouter quoi que ce soit, car la porte venait de claquer.

— Que dis-tu de cela, Karl ?

Thaler était un artiste sans emploi. C'est pourquoi son cœur ne pouvait battre qu'à gauche.

— Elle était comment ? s'enquit-il.

— En tant que secrétaire ?

— Oui.

— Excellente. La meilleure que j'aie jamais eue.

— Alors, je ne me suis pas trompé.

— Qu'est-ce que tu veux dire ?

— Tu vas t'en mordre les doigts.

Albert Max se tut. Il ne se sentait pas responsable de ce qui venait de se produire. La faute en incombait selon lui à ces mouvements de gauche, aux syndicats, aux idées socialistes qui empoisonnaient les gens.

— Les temps finiront par changer, tu verras, confia-t-il à Karl.

— Tu as un bon avocat, un spécialiste ?

— A quoi bon un spécialiste ?

— Pour le procès aux prud'hommes.

— Tu crois que les choses en arriveront là ?

— A coup sûr, affirma Karl, la mine réjouie.

Max frappa du poing sur la table.

— Voilà où nous en sommes !

Il valait mieux maintenant changer de sujet de conversation, sinon les deux amis, qui avaient des opinions politiques radicalement opposées, risquaient d'en venir aux mains. Albert Max était plutôt de droite, alors que Karl Thaler était ce qu'on appelle un « rouge ». Ils avaient cependant un point commun essentiel : ils étaient tous deux des démocrates. Et c'était là le fondement de leur amitié, laquelle étonnait d'ailleurs la plupart de leurs amis à une époque qui ne se caractérise pas précisément par un excès de tolérance.

— Donc, tu as rendez-vous avec Véra, déclara Max à Thaler.

— Oui, après-demain. Je voulais la voir dès aujourd'hui, mais elle n'était pas libre.

— Et elle t'a dit ce qu'elle faisait ?

— Non, simplement qu'elle était prise.

Max sourit, l'air mystérieux.

— Il eût été plus important que tu fasses du charme à l'autre, décréta-t-il au bout d'un moment.

— L'occasion ne s'en est pas présentée.

— Ne la perds cependant pas des yeux.

— Tes projets n'ont pas changé ?

— Non, bien sûr.

— Même s'il s'avère que l'autre n'est pas l'amie de Véra, mais sa patronne ?

— Cela ne changerait rien au fait qu'elle me plaît. Et d'ailleurs, qu'est-ce qui l'empêche d'être à la fois son amie *et* sa patronne ?

— Et pourquoi ne te le disent-elles pas ?

La question valait la peine d'être posée, c'était indéniable. Max haussa les épaules et soupira.

— Je n'en sais rien, Karl.

Après le départ de Karl, Sonja et Véra eurent de nouveau une conversation qui sentait un peu le soufre. Ce ne fut pas Sonja qui ouvrit les hostilités ; elle voulait tenir sa promesse de ne plus se mêler de la vie privée de Véra. C'est Véra qui attaqua.

— On peut lire ta surprise sur ton visage.

— A quel propos ?

— A propos de moi.

— Je ne vois pas de quoi tu veux parler.

— Allez, ne fais pas l'innocente ! Je te connais, tu es choquée par mon comportement.

— Ce sont des choses qui te regardent, Véra, nous étions d'accord sur ce point, et…

— Tu n'arrives pas à comprendre que j'aie pu accepter l'invitation de ce type, n'est-ce pas ? (Sonja se taisait.) Aujourd'hui avec l'un, après-demain avec l'autre, et l'un et l'autre sont amis. Pour toi, c'est inconcevable. (Sonja gardait toujours le silence. Véra poursuivit :) Pour toi, il ne serait pas question d'une chose pareille, n'est-ce pas ?

Véra ne voulait pas lâcher prise.

— Non ! s'écria soudain Sonja.

— Et pourquoi ?

— Parce que ce sont des choses qui ne se font pas.

Dans sa précipitation, elle n'avait rien trouvé de mieux à répondre. Véra en profita pour se moquer d'elle.

— Tiens, tiens, parce que ça ne se fait pas ! Je peux te donner deux exemples : ma grand-mère est venue me voir récemment et elle a pu constater que je m'étais installée. « Une jeune fille comme il faut ne prend pas un appartement où elle vit sans surveillance », m'a-t-elle dit. Et quand je lui ai parlé de toi, elle a dit : « Une jeune fille comme il faut n'ouvre pas son propre magasin. Elle laisse cela aux hommes. » Voilà, ma chère !

Sonja se défendit de son mieux.

— Véra, tu ne vas tout de même pas me comparer à ta grand-mère ?

— Il y a des moments où je serais presque tentée de le faire.

— Il y a une différence entre le magasin que j'ai ouvert et les hommes que tu consommes à la chaîne.

— Il est un peu tôt pour dire une chose pareille, en tout cas en ce qui concerne les deux garçons dont je viens d'accepter les invitations.

— Oui, c'est bien d'eux que je parle. Et tu avoueras qu'ils ont tous deux la même idée en tête.

— J'espère bien !

— Véra !

— Car dans ce cas, c'est moi qui déciderai lequel des deux gagnera.

— Probablement les deux.

Véra secoua la tête.

— Pas le moins du monde, riposta-t-elle, un peu vexée.

— Est-ce que tu veux dire que tu te contenteras d'un seul ?

Véra eut un mouvement de la tête qui signifiait que les

choses n'étaient pas encore décidées. La réaction de son amie l'amusait, mais Sonja, pour sa part, parlait très sérieusement.

— Il faudrait que quelqu'un te fasse un peu concurrence, ma chère.

— Encore faudrait-il trouver quelqu'un qui en soit capable !

— Parce que tu ne vois personne qui le pourrait ?

— Non, ma chère.

— Mais moi, si.

— Ah bon ? Et qui donc ? (Véra ajouta, sans se rendre compte du ton méprisant qu'elle avait dans la voix :) Toi, peut-être ?

Elle venait de commettre, sans le vouloir vraiment, le faux pas qui allait être décisif. Sonja recouvra d'un seul coup tout son calme. Elle hocha la tête et se retira pendant quelques minutes dans son refuge, feignant d'avoir à consulter quelque papier. Elle revint ensuite et demanda aimablement à Véra :

— Ne devais-tu pas me transmettre une invitation pour aller faire de la voile ?

— Oui, pourquoi ?

— Tu peux leur dire que c'est d'accord.

— Mais, Sonja, qu'est-ce qui te prend tout à coup ?

— Ou mieux, donne-moi le numéro de téléphone de l'un d'eux. Je le lui dirai moi-même.

— Et ton jeu de cache-cache ? Qui est Sonja Kronen ? A qui appartient le magasin ? Comment vas-tu faire ?

— Tant pis !

— Tout cela ne compte plus brusquement ?

— Tu disais toi-même que j'y attachais trop d'importance.

— A ta place, j'y réfléchirais à deux fois.

— Dis-moi, répliqua Sonja, un peu étonnée, pourquoi veux-tu soudain à tout prix me dissuader d'y aller ? Au début, tu étais d'un avis tout à fait contraire.

— Je suis surprise, simplement. Je n'ai pas la moindre intention de te dissuader de quoi que ce soit.

— Alors, donne-moi le numéro de téléphone de l'un d'eux.

Véra choisit de lui donner le numéro de Karl. Elle l'inscrivit sur une feuille de bloc qu'elle tendit à son amie. Pour ne laisser aucun doute quant à sa détermination, Sonja appela le peintre sur-le-champ. Mais personne ne répondit. Elle n'eut pas plus de chance lorsque, à deux reprises, elle tenta de nouveau de le joindre.

— Le plus sûr, décréta Véra, c'est de l'appeler demain matin, à l'heure où tout le monde est déjà au travail et où lui dort encore.

Après déjeuner, Sonja reçut la visite d'un représentant. Cette visite, qui prit un tour inattendu, permit aux deux jeunes femmes de resserrer leurs liens d'amitié qui menaçaient de se relâcher.

M. Ernest Becker était considéré comme un important représentant d'une société dont Sonja se trouvait quelque peu dépendante, n'ayant pas encore d'assise financière vraiment stable. Elle avait des dettes auprès de cette société et M. Becker avait ardemment pris son parti. Il avait réussi à lui obtenir de plus longs délais de paiement.

C'est la raison pour laquelle Sonja trouvait M. Becker fort sympathique. Il vendait beaucoup, gagnait donc beaucoup d'argent, aimait manger et boire généreusement, et bien que de taille moyenne, il pesait plus de cent kilos. Il transpirait continuellement et il aurait eu de bonnes raisons de ménager un peu plus son cœur. Il en allait de même pour sa femme qui ingurgitait des quantités insensées de sucreries en tout genre et qui n'arrivait pas à comprendre pourquoi elle prenait constamment du poids. Elle affirmait ne manger ni pommes de terre ni pain. Elle aimait encore son mari, mais ce n'était plus réciproque. Lui préférait de loin profiter des occasions que lui offraient ses voyages d'affaires pour oublier un peu son épouse. Mais pour ce faire, à son âge, il fallait absolument qu'il trouve des partenaires plus belles que sa femme — rien de plus facile ! — et plus jeunes, beaucoup plus jeunes. Sonja Kronen remplissait parfaitement ces conditions.

Ajoutons enfin qu'Ernest Becker était un homme qui n'abandonnait jamais un but qu'il s'était fixé et qu'il ne s'embarrassait d'aucun scrupule pour arriver à ses fins.

Sonja l'accueillit en souriant et lui dit qu'elle avait eu toute la journée le pressentiment qu'elle allait avoir une bonne surprise.

Ils se serrèrent la main. Becker ne connaissait pas Véra et ne lui accorda pas la moindre attention. C'est Sonja, et pas une autre, qu'il voulait. Il était bien décidé à ne pas perdre son temps et annonça à la jeune femme qu'il l'invitait au restaurant.

— Je suis désolée, répliqua Sonja. Ce soir, j'attends la visite de deux amies qui vont avec moi au cours de gymnastique.

Becker lui fit remarquer qu'elle se trompait : il voulait l'inviter à déjeuner.

— A déjeuner ? A cette heure-ci ? s'étonna-t-elle.

— Oui.

Sonja s'excusa de nouveau. Il était un peu tard, elle avait déjà déjeuné.

— Mais pas moi, dit-il en souriant. Vous pourriez me tenir compagnie.

Sonja eut la désagréable impression qu'on lui forçait la main. Mais que pouvait-elle faire ? Elle ne voulait pas offenser M. Becker à qui elle devait tant.

Becker était sûr de son affaire. Il se dirigea vers la porte, se retourna et attendit Sonja qui se recoiffait rapidement devant la glace. Elle se repoudra, mit un peu de rouge sur ses lèvres et jeta son manteau d'été sur ses épaules.

— Tout cela ne m'arrange guère, murmura-t-elle à Véra en passant. J'aurais préféré que tu ailles faire quelques courses maintenant. Je m'étais imaginé autrement ton dernier jour au magasin. Nous aurions pu prendre tranquillement une tasse de café ensemble. Ton aide m'a été si précieuse, Véra, que je ne sais pas comment je vais me débrouiller avec la nouvelle qui va arriver demain. Probablement...

— Va, Sonja. Il t'attend. De toute façon, je serai là à ton retour. On vient me chercher ici.

— Nous aurons peut-être encore le temps de bavarder un peu, chuchota Sonja rapidement avant de se diriger vers la porte que M. Becker, tout en sueur, lui tenait complaisamment.

Dehors attendait la grosse Mercedes du représentant. Sachant à l'avance qu'il n'en aurait pas pour longtemps dans le magasin, il s'était garé en pleine zone interdite.

Véra les regarda monter en voiture.

Voilà un des inconvénients de ton indépendance, songea-t-elle. Tu ne peux même pas te permettre de dire à ce tas de graisse qu'il aille manger où il veut — mais sans toi. (Véra ne pensait pas la voir revenir rapidement.) Il va certainement la retenir. Ils sont tous pareils, ces types-là ! Ça ne m'étonnerait pas qu'il s'empiffre trois heures durant tout en la remerciant constamment pour sa charmante compagnie.

Mais Véra se trompait : d'une part, en ce qui concernait le temps que mettrait Sonja à revenir, et d'autre part quant à la personne même de Becker qui n'était pas du genre à tourner longtemps autour du pot...

— Sonja ! s'écria Véra toute surprise et effrayée à la fois. (Il s'était écoulé cinquante minutes à peine lorsque Sonja entra, en chancelant presque, dans le magasin. Pâle, tremblante, elle avait l'air pitoyable. M. Becker n'était pas visible. Sonja était revenue seule, en taxi.) Sonja ! répéta Véra en se précipitant vers elle. Qu'est-il arrivé ?

— Ce salaud ! Sais-tu ce qu'il m'a demandé ? s'indigna Sonja, les lèvres tremblant de fureur. (Elle s'affala sur une chaise.) Sais-tu ce qu'il m'a demandé ?

L'état dans lequel elle se trouvait était éloquent et rendait toute explication inutile.

— J'imagine, répliqua Véra. Il t'a demandé ça dans la voiture ?

— Non, pas encore à ce moment-là, mais il a dévoilé

son jeu dès le hors-d'œuvre. Il n'y est pas allé par quatre chemins. J'aurais voulu que tu l'entendes !

— Pas la peine ! J'arrive sans peine à me le figurer.

Les yeux de Sonja se remplirent tout à coup de larmes et elle se mit à pleurer. Véra, amie au cœur tendre, en fut bouleversée et elle s'efforça de la consoler.

— Sonja, calme-toi, ce n'est pas si grave ! Il a fait ce que font tous les autres. Et toi, tu lui as ri au nez. Il ne s'est donc rien passé du tout. Ou bien est-ce qu'il t'a touchée ?

— Non ! s'exclama Sonja en secouant vigoureusement la tête.

Le seul fait de penser à une chose pareille la dégoûtait.

— Alors, tu vois bien !

Sonja se calma un peu.

— Mais les choses ne sont pas aussi simples que cela, Véra.

— Pourquoi ?

— Je dois à sa société plusieurs milliers de marks. Et il veut les encaisser.

— Est-ce que la société lui appartient, par hasard, ou bien est-ce qu'il n'en est que le représentant ?

— Il n'est qu'un représentant, mais il est très influent. Je le sais depuis le jour où il s'est fait fort de me livrer la marchandise sans que je paie quoi que ce soit.

— Et maintenant, il te met au pied du mur ?

— Comme j'ai refusé de coucher avec lui, oui.

C'était là une attitude que Véra risquait de ne pas très bien comprendre.

S'il en est ainsi, songea-t-elle, pourquoi as-tu refusé sa proposition ? C'est une comtesse anglaise célèbre qui disait à sa fille avant sa nuit de noces avec un affreux mari qui n'avait de noble que sa naissance : « Ferme les yeux et pense à l'Angleterre ! » Mais je ne peux pas dire cela à Sonja à présent, ce n'est pas son genre. Elle ne comprendrait pas.

Et Véra fit de nouveau exploser toute sa colère contre Becker.

— Des types comme lui, il faudrait les castrer !

— Mais qu'est-ce que je vais faire ? se lamentait Sonja.

— Tu peux trouver l'argent nécessaire ?

— Pas immédiatement.

Véra réfléchit. Elle vérifia ses propres finances, mais le résultat ne fut pas très brillant. Elle gagnait bien sa vie, mais elle n'était pas du genre à faire des économies. Elle dépensait tout ce qu'elle gagnait, ne se sentant pas encore assez vieille pour mettre de l'argent « de côté ». C'est la raison pour laquelle elle avait pu, entre autres, s'offrir des bijoux, même modestes, et se constituer une cave honorable.

— Sonja, la seule chose à faire quand tu recevras la première facture, c'est d'essayer de retarder les choses le plus longtemps possible. Tu comprends ?

— Oui.

— Et que te faut-il pour cela ?

Sonja le savait tout aussi bien que Véra.

— Un avocat, répondit-elle, découragée.

— Exactement, Sonja.

— Et qui le paiera ?

C'était un cercle vicieux.

— Un avocat ne bougera pas le petit doigt pour toi si tu ne paies pas le prix fort dès le début. Tu ne vas pas me soutenir le contraire, Véra ?

Non, Véra, qui connaissait la vie, ne songea pas une seconde à affirmer le contraire, et pourtant elle tenta d'encourager son amie.

— Ma société emploie trois avocats. Je peux peut-être parler à l'un d'eux.

— Véra, déclara Sonja en faisant de la main un geste d'incrédulité, combien de fois m'as-tu répété que ce ne sont que d'affreux matérialistes, vos avocats ?

— Il y en a un avec lequel tout espoir n'est pas perdu.

— Ah bon ?

— Oui, il me court après, tu sais...

— Véra, repartit Sonja, gênée, je ne peux tout de même pas attendre de toi ce que j'ai refusé de faire avec

Becker ! C'est précisément une situation de ce genre qui m'a mise dans le pétrin.

Véra se mit à rire, et c'était bon signe. Du même coup, la situation ne semblait plus aussi désespérée.

— Cesse d'envisager constamment le pire. Ce que je me prépare à faire là, c'est un de ces mouvements destinés à garder l'équilibre lorsqu'il s'agit d'éviter la chute dans l'abîme. J'ai l'habitude.

Lorsque Albert Max arriva à son rendez-vous avec Véra Lang, elle venait justement à sa rencontre dans la rue. Il crut aussitôt qu'il devait être en retard et s'en excusa. Mais Véra le rassura. Ils avaient décidé de se voir une heure avant la fermeture du magasin, et il était arrivé à l'heure convenue. Un coup d'œil sur sa montre suffit pour l'en convaincre.

Véra était venue à sa rencontre parce qu'elle voulait éviter que Max ne rencontre Sonja. Elle voulait d'abord le préparer à la situation nouvelle qui s'était créée entre-temps.

Ils firent d'abord les courses, et ce chez Dallmayr (1). Albert protesta, mais Véra ne voulut rien entendre. Quand Albert voulut participer aux frais, elle lui rit au nez et ajouta :

— C'est *toi* l'invité, pas *moi*.

— Alors, il faut que nous parlions franchement tous les deux.

— Si tu veux.

— Tu trouves vraiment que Dallmayr est le magasin qui convient pour toi ?

— Pourquoi ?

— Combien gagnes-tu ?

— Trois mille cinq cents marks.

Véra se rendit compte immédiatement qu'elle venait de faire une gaffe. Elle se mordit les lèvres. Trop tard...

— Une vendeuse qui gagne trois mille cinq cents marks ? s'écria-t-il.

(1) Epicerie de luxe munichoise. *(N.d.T.)*

— Les vendeuses sont parfois intéressées aux bénéfices.

Elle n'aurait pu donner explication plus saugrenue !

— Tiens, tiens ! railla Albert. Et à combien se chiffrent vos bénéfices ? Y en a-t-il seulement pour un montant pareil ? Je suppose que oui, puisque c'est ce que tu gagnes. Mais alors, il ne doit pas rester grand-chose pour le magasin.

Véra était prise au piège. Elle soupira.

— Il va falloir que je te parle de tout cela ce soir. De toute façon, j'avais l'intention de le faire.

Elle n'aurait d'ailleurs pas pu y échapper, puisque, à l'avenir, Max ne pourrait plus la joindre à la boutique de Sonja, mais à son véritable lieu de travail. Elle aurait cependant préféré lui en parler sans y être contrainte et non pas, comme maintenant, parce qu'elle était au pied du mur.

Pendant le trajet, elle prit des nouvelles de Moritz.

— Ne me parle pas de celui-là ! marmonna Albert.

— Pourquoi ? Il a encore fait des bêtises ?

— Il est sûrement en train d'aboyer à gorge déployée, à la maison, pour le plus grand plaisir de mes voisins, simplement parce que je ne suis pas là.

— Il est très attaché à toi, c'est tout.

— Je n'ai pas d'autre solution que de le faire...

— Ne me répète pas cela encore une fois ! Donne-le à quelqu'un qui le traite bien. Ça doit se trouver, non ?

Albert rit amèrement.

— Je te paie une prime, Véra, si tu me trouves quelqu'un qui soit prêt à adopter ce monstre.

Ils abordèrent de nouveau le sujet pendant le repas, en vérité excellent. Il y avait quelques restes dans les plats.

— Que vas-tu en faire ? questionna Albert.

Quelle question ! se dit Véra.

— Je vais les jeter, répondit-elle.

— Cela t'ennuierait beaucoup si je les emportais ?

— Pour le chien ?

— Oui, admit Albert, un peu gêné. Tu sais, cela le changerait un peu.

Véra acquiesça en souriant.

Je me suis visiblement fait du souci pour rien, pensa-t-elle. Quand elle débarrassa la table, il était l'heure du journal télévisé. Albert demanda s'il pouvait regarder les nouvelles. C'est ainsi qu'ils eurent l'occasion d'apprendre que le nombre des dépôts de bilan augmentait sensiblement en Allemagne fédérale. Ils éteignirent la télévision après le journal.

Véra avait voulu servir du champagne dès le début du dîner, mais Albert, selon son habitude, préféra boire de la bière pendant le repas. Ce n'est qu'ensuite, pour faire plaisir à Véra, qu'il accepta le champagne.

— Il est bon ? interrogea-t-elle après la première coupe.

— Et comment ! En plus, tu as choisi le plus cher qui puisse se trouver. Cela me rappelle la conversation que nous avons eue en sortant de chez Dallmayr. Tu voulais reparler de tout cela ce soir. Quand ? Maintenant ou plus tard ?

Véra hésita un court instant.

— Parlons-en maintenant, dit-elle alors d'un air décidé. (Elle alluma une cigarette avant de poursuivre :) Je ne suis pas vendeuse...

Puis elle se tut et regarda Albert avec intérêt. Elle pensait que cette nouvelle le ferait tomber de sa chaise. Mais il ne se produisit rien de tel. Et il n'émit même pas le moindre petit cri de surprise.

— Tu ne dis rien ? s'enquit-elle, un peu perplexe.

— Non, répondit-il, impassible.

— Cela ne t'étonne pas ?

— Tu vas rire... je m'en doutais un peu.

— Pourquoi ? Je t'ai fait si mauvaise impression que cela ? (Véra était visiblement déçue.) Je croyais m'être assez bien débrouillée.

— C'est vrai, à part quelques petits détails. Ton train de vie, par exemple. Il y avait de quoi avoir des doutes.

— Ah bon ! Il va falloir que je fasse attention à ces choses-là la prochaine fois que j'irai donner un coup de main là-bas.

— Tu veux dire chez Sonja ?
— Oui.
— Elle est ta patronne ?
— Oui.
— Et laquelle des deux Sonja est ton amie ?
— C'est la même, expliqua Véra, tout en pensant que, cette fois-ci, il n'en croirait pas ses oreilles.

Il n'en fut rien. Albert se contenta de poser une question absurde :

— Tu es déclarée ?
— Pardon ?
— Parce que, si elle ne te déclare pas, ce n'est pas une vraie amie.
— Mais qu'est-ce que tu racontes ?
— Et en plus, c'est illégal.
— Arrête !
— C'est plus important qu'il n'y paraît.
— Je vois ce que tu veux dire. Mais, pour le moment, Sonja est obligée de compter chaque sou et c'est cela qui importe. Tu comprends ? Et de toute façon, je suis déclarée ailleurs.
— Tiens, tiens…

Véra prit la bouteille de champagne.

— Encore une coupe ?

Il acquiesça et demanda :

— Et qui est-ce qui te déclare ?
— La société pour laquelle je travaille légalement.
— Tu n'y travailles pas au noir ?
— Mais puisque je te dis que j'y travaille légalement !
— Et quelle est cette société ?
— C'est la société de distribution cinématographique *Union*.
— Qu'est-ce que tu fais comme travail ?
— Je suis à la tête du service de presse. Tout cela relève de la grande confession que j'avais l'intention de te faire. Car dorénavant, tu ne pourras plus me téléphoner au magasin de Sonja. J'ai profité de mes vacances pour l'aider, et elles sont terminées maintenant. A

partir de demain, tu pourras me joindre à l'*Union*. Tu sais où cela se trouve ?

— Oui, Lembachplatz. (Albert secoua la tête pour manifester sa désapprobation.) Et tu as sacrifié toutes tes vacances ?

— Presque.

— C'est de la folie !

— Pourquoi de la folie ? J'espère que tu as déjà entendu parler de l'amitié.

— Certes, mais qu'est-ce qui va se passer à la boutique, à présent que tu ne peux plus y aller ?

— Sonja a embauché une vraie vendeuse. Elle commence demain.

— Voilà ce qu'il fallait faire depuis le début. Et tu aurais pu profiter de tes vacances.

— Je ne regrette rien.

Il secoua de nouveau la tête.

— Si c'est là ta façon de voir les choses, tu pourrais peut-être venir me dépanner, à l'occasion ?

— Volontiers. Pour quel genre de travail ?

— Comme sténodactylo, ou même comme secrétaire. En tout cas, pas comme vendeuse.

— Ça ne m'a pas l'air mal.

— Et tu serais déclarée.

— Mais c'est fantastique ! s'écria-t-elle en riant. Par qui ?

— Par ton patron par intérim.

— Et que fait-il dans la vie ?

— Comment, que fait-il ?

— Quel métier exerce-t-il ? Il faut que je puisse me préparer.

Albert était étonné.

— Tu ne le sais pas ?

— Non, tu ne m'en as encore rien dit.

Il réfléchit un instant et dut admettre qu'elle avait raison.

— Excuse-moi, reprit-il. Je suis avocat. Mais tu es sûre que je ne te l'avais pas dit avant de partir pour Francfort ?

Véra secoua la tête.

— Non.

— C'est étonnant. Je croyais...

Elle lui coupa la parole :

— Tu es avocat ?

— Oui.

— Un bon avocat, j'espère ?

— Il n'y en a pas de meilleur !

— Alors, tu vas lui être utile.

— A qui ?

— A Sonja Kronen.

Albert Max se demanda ce qu'il devait répondre à cela. D'une part, il y voyait une occasion inespérée de rencontrer la fille la plus splendide qu'il eût jamais vue, mais d'autre part, il était conscient que l'opération ne lui promettait pas des gains extraordinaires, à supposer qu'il y en eût.

— Véra, est-ce que je peux t'expliquer quelque chose avant que tu ne continues ?

— Je t'en prie.

— Je ne suis pas une institution de charité et, d'ailleurs, je ne pourrais pas me le permettre. Je me suis installé récemment, cela m'a coûté beaucoup d'argent et...

Véra l'arrêta.

— Oublie tout cela ! (Elle soupira.) Il faudra que nous trouvions quelqu'un d'autre. Si seulement celui que je connais n'était pas un tel... un tel dragueur !

— Un dragueur ?

— Un affreux dragueur.

— Tu veux dire par là que... (Il s'interrompit, puis reprit la parole :) Tu veux insinuer par là qu'il a des méthodes particulières pour se faire payer ses honoraires ?

— Quand il s'agit de femmes jeunes, jolies et sans le sou, oui.

Max ne lui dit pas qu'il n'arrivait pas à s'imaginer qu'un avocat puisse recourir à de telles méthodes.

— C'est encore un de ces salauds ! J'espère bien que ton amie n'acceptera pas ce petit jeu.

Les soupirs de Véra se faisaient de plus en plus douloureux.

— C'est plutôt de moi que tu devrais parler.

— Comment ça, de toi ?

— C'est moi qui le connais. Il me court après depuis longtemps. C'est donc moi qui devrais me sacrifier pour Sonja — si j'étais prête à le faire, ajouta-t-elle prudemment.

Albert se leva, se dirigea vers la fenêtre et plongea son regard dans l'obscurité de la campagne environnante. Il prit une décision.

— Il n'est pas question que ce salaud pose ses sales pattes sur vous, assura-t-il sans se retourner. C'est moi qui m'en chargerai ! Moi !

Véra éclata de rire. Albert se retourna.

— Pourquoi ris-tu ?

— Parce que tu as dit que tu allais poser tes sales pattes sur nous !

Albert se mit à rire à son tour.

— Tu m'as parfaitement compris, allons !

— Tu veux te charger de l'affaire de Sonja ?

— Oui.

— Et cela, bien que tu ne sois pas une institution de charité ?

— Exactement.

Véra se leva et s'approcha de la fenêtre. Ils étaient en face l'un de l'autre maintenant. Elle mit ses bras autour de son cou et l'embrassa longuement. Son ardeur n'avait d'égale que celle que mit Albert à répondre à ce baiser.

— Tu n'auras pas tout perdu pour autant, affirma Véra.

— Que veux-tu dire ?

— Je vais... me sacrifier.

Il relâcha un instant son étreinte.

— Mais alors, je ne vaudrais pas mieux que l'autre !

— Non.

— Pourquoi ?

Véra reprit le petit jeu qu'Albert avait interrompu, mais en le corsant un peu. Elle ouvrit sa chemise, et tout en couvrant Max de baisers, elle déclara :

— Tu sais, ce que l'on trouve peu plaisant avec l'un peut être merveilleux avec l'autre...

Il avait déjà déboutonné son corsage. De l'autre main, il lui enleva sa jupe.

Qui avait commencé ? Véra, en ouvrant sa chemise ? Ou Albert en lui enlevant son corsage et sa jupe ? Ni l'un ni l'autre n'aurait pu répondre à cette question.

Mais Véra n'en resta pas là. Au terme de cette première étape, elle en provoqua une deuxième, puis une troisième...

Véra soupirait et Albert n'était pas en reste.

La chambre à coucher leur paraissant trop éloignée, ils choisirent le divan qui dut prouver une fois de plus qu'il était capable d'assumer la situation.

Ce n'est que plus tard, leur première impatience apaisée, qu'ils se déshabillèrent entièrement. Ensuite, ils passèrent dans la chambre à coucher dont le centre était occupé par un de ces lits qu'on appelle français. Si tel était bien le cas, alors, les Français pourraient se vanter non seulement d'avoir produit un Napoléon, mais aussi d'avoir offert au monde un objet dont on ne peut qu'admirer le confort et l'hospitalité.

Un peu plus tard, Albert et Véra étaient allongés l'un contre l'autre, nus encore, et ils écoutaient ces bruits qui sont les bruits de la vie. Albert respirait profondément et lentement, Véra avait le souffle plus court. Le cœur d'Albert battait fort. Véra, l'oreille collée contre sa poitrine, l'entendait taper contre ses côtes. De son côté, elle avait l'impression que son cœur battait la chamade — de joie. C'était presque toujours le cas quand elle était au lit avec un homme dont elle était amoureuse.

— Véra ?

— Oui ?

— C'était fantastique.

— Je trouve aussi.

— Est-ce que tu pourrais maintenant me raconter en détail ce qui me vaut tout cela ?

— Je ne comprends pas ce que tu veux dire.

Elle était un peu déconcertée.

Il s'appuya sur ses coudes, posa son menton sur ses mains croisées et la regarda.

— Tu m'as bien dit que je ne perdais rien pour autant ? Mais pourquoi ? Quel est le problème pour lequel ton amie a besoin de moi ?

— On lui fait du chantage.

— Du chantage ?

— Oui, du chantage.

— Tu te rends compte de ce que tu me racontes là ?

— Je m'en rends parfaitement compte.

— Et pourquoi ne va-t-elle pas porter plainte au commissariat le plus proche ?

— Les choses ne sont pas aussi simples, Albert.

— Pourquoi ?

Véra raconta la visite du représentant. Elle traça de lui un portrait horrifiant, s'énerva en le décrivant et finit par maudire le monde entier dans un accès de rage vengeresse.

— Tous les mêmes, ces hommes !

— Allez ! N'exagère pas, il y en a qui sont différents.

— Des noms !

— Moi, par exemple.

Et il l'attira contre lui et lui fit l'amour. Véra ne lui opposa pas la moindre résistance, au contraire. L'amour, cette fois, fut un peu moins fougueux, mais d'autant plus raffiné. Lorsqu'ils reprirent souffle, Véra murmura :

— C'est vrai.

— Quoi donc ?

— Qu'il y en a qui sont différents. Toi, par exemple.

Il sourit.

— C'est une allusion insidieuse ?

— Pas du tout ! protesta-t-elle innocemment.

— Si, si, je sais quel mot tu avais sur le bout de la langue et qui devait me donner mauvaise conscience.

— Lequel ?
— Le mot « paradoxal ».
— Paradoxal ? Qu'est-ce que cela veut dire ?
— Tu le sais parfaitement.
Elle prit de nouveau son air le plus innocent.
— Non, je t'assure que je l'ignore.
Ce dialogue un peu niais les amusa tous deux.
— Paradoxal, cela veut dire absurde.
— Tu as donc peur que je ne puisse constater une contradiction entre tes paroles et tes actes ?
— C'est exactement cela.
— Je peux y réfléchir un peu ?
— Pendant combien de temps ?
— Jusqu'à demain matin.
Ils s'endormirent nus, l'un contre l'autre. La lumière resta allumée. Les glaçons fondirent dans le seau à glace, le champagne s'éventa dans les coupes. Ils dormirent jusqu'au lever du jour. Véra fut la première à se réveiller. Lorsque Albert ouvrit les yeux, ils reprirent leur conversation là où ils l'avaient interrompue avant de s'endormir.
— Tu as réfléchi ? lui demanda-t-il.
— Oui.
— Et à quelle conclusion es-tu arrivée ?
Véra se serra tout contre lui.
— Sois encore paradoxal, mon chéri !
Il existe un proverbe qui dit : « D'abord le travail, ensuite le plaisir. » Mais il y a des gens qui adoptent exactement l'ordre inverse comme règle de vie. C'est précisément ce que firent Albert et Véra ce matin-là avant d'aller vers neuf heures rejoindre leurs bureaux respectifs.
En chemin, Albert glissa quelque chose dans la poche du manteau de Véra.
— Qu'est-ce que c'est ? fit-elle.
— Deux cartes de visite. L'une pour toi, l'autre pour ton amie. Dis-lui de me téléphoner quand elle voudra me voir à l'étude. Je lui fixerai un rendez-vous. Mais dis-lui qu'elle ne perde pas trop de temps. Il faut arrê-

ter ce type... comment s'appelle-t-il déjà ? Becker ?

— Oui.

— Il faut l'arrêter avant qu'il ne commence à sévir. Le plus tôt sera le mieux.

— C'est d'accord. Je le lui dirai. Quand nous revoyons-nous ? demanda-t-elle avant qu'ils ne se quittent.

Il haussa les épaules.

— Je ne peux pas te le dire maintenant. Je te rappellerai.

— Mais pas demain soir.

— Pourquoi ?

— Parce que demain, je sors avec ton ami.

— Avec Karl ? questionna-t-il en feignant d'être surpris.

— Oui. Ou bien est-ce que tu n'es pas d'accord ?

— Et où allez-vous ?

— Je ne sais pas, répondit Véra en riant. Il m'a proposé d'aller dans un affreux bistro, comme il dit, mais j'ai essayé de le faire changer d'avis.

— Un affreux bistro ?

— Oui, son quartier général, paraît-il. Ne serait-ce pas le vôtre à tous deux, par hasard ?

— C'est vrai, j'y vais aussi parfois. Ton instinct a vu juste : tu fais bien de ne pas vouloir y aller !

Sonja Kronen se rendit le jour même à l'étude d'Albert Max. Il ne s'agissait pas pour elle d'aller à Canossa, bien sûr, cependant la démarche ne lui plaisait guère. Elle aurait préféré garder ses distances vis-à-vis de Max, mais elle ne pouvait pas se soustraire aux événements auxquels elle était confrontée. Sa situation ne lui laissait pas d'autre choix.

— Maître, commença-t-elle après avoir serré la main d'Albert, je vous dois des explications.

— Pas du tout.

— Mais mon petit jeu...

Il leva la main pour l'empêcher de poursuivre.

— Je sais, reprit-il, comment ces choses arrivent

parfois. Il suffit d'un hasard, amusant au début, et on ne parvient plus ensuite à se sortir d'une situation embarrassante. N'en est-il pas allé ainsi entre nous ?

— Si, acquiesça Sonja, soulagée.

C'est aimable à lui, songea-t-elle, de balayer ainsi le problème. Ce n'est pas un rancunier, car si c'était le cas, il tenait là l'occasion d'une revanche. Il y renonce. C'est gentil.

— Qu'est-ce qui vous amène chez moi, mademoiselle Kronen ?

— Eh bien… je… je pensais, fit-elle en bafouillant un peu car elle était surprise par cette question si directe, je croyais que mon amie vous avait tout expliqué.

— Vous êtes victime d'un chantage ?

— C'est cela.

— C'est ce que vous croyez, du moins.

Elle le regarda, encore plus surprise, puis elle rétorqua sèchement :

— Vous doutez de ma sincérité ?

— Pas du tout ! protesta-t-il avec un sourire qui se voulait rassurant. Mais ce que vous appelez votre sincérité, c'est une analyse tout à fait subjective de faits qui ne sont pas assez précis pour qu'ils soient significatifs au regard du législateur. Vous voyez ce que je veux dire ?

— Non, soupira Sonja.

— Bon, continua-t-il en souriant, vous allez saisir rapidement ce dont il s'agit en répondant à mes questions. L'une ou l'autre pourra vous paraître désagréable, voire indiscrète, mais je suis contraint de vous les poser.

— Je vous en prie, faites.

— Ce type vous a vraiment mise au pied du mur ?

— Oui.

— Indubitablement ?

— Oui.

— Il vous a donc proposé carrément un marché ?

— Qu'est-ce que vous voulez dire ?

Les hésitations de Sonja trahissaient son malaise.

— Vous a-t-il dit clairement que si vous ne cédiez pas à ses avances, il vous ruinerait financièrement ?

— Non, il n'a pas énoncé les choses de façon aussi brutale.

Albert ne put s'empêcher de laisser transparaître un soupçon d'ironie dans ses paroles.

— Bon, alors, comment s'y est-il pris exactement ?

Sonja rougit aussitôt.

— Il m'a laissé entendre que...

— Comment vous l'a-t-il laissé entendre ? Avec des fleurs ou par la manière forte ?

— Je ne sais pas ce que vous entendez par là... Où finissent les fleurs et où commence la manière forte ?

— Comment s'est-il exprimé précisément ?

Sonja avait déjà révisé son jugement initial : Albert, finalement, ne lui était pas du tout sympathique. Certes, il était toujours aussi beau garçon, mais sa façon d'être ne lui plaisait pas. Elle le trouvait brutal, indiscret, trop professionnel.

C'est moi qui suis sur le banc des accusés, et non ce Becker à cause de qui je suis là ! pensa-t-elle.

Sonja confondait un avocat avec un confesseur. Sans s'en rendre compte, elle attendait plus une consolation que des conseils juridiques.

Elle répondit donc aux questions d'Albert sur un ton de plus en plus réticent et irrité.

— Il m'a dit mot pour mot que sa société voulait voir enfin la couleur de mon argent. C'est ainsi qu'il a commencé.

— Bien, approuva Albert en hochant la tête. C'est exactement comme cela que je m'étais imaginé les choses. Ce qui est important, cependant, c'est la suite.

— La suite ?

Après un court silence pendant lequel il avait regardé sa cliente d'un air pensif, Albert reprit :

— Voulez-vous que je joue les extralucides ? Dois-je vous raconter par le menu ce qu'il vous a dit ensuite ? (Elle acquiesça de la tête, et il poursuivit :) Ensuite, il vous a assuré qu'il vous soutiendrait, mais que sa société voyait cela d'un mauvais œil de la part de l'un de ses représentants, qu'il ne pouvait ainsi que se nuire à lui-même, mais qu'il était prêt à le faire, moyennant une contrepartie de votre part. Selon lui, ce n'était que justice. On n'a rien sans rien. Après quoi, il vous a menacée de vous laisser tomber au cas où vous ne partageriez pas cet avis, pour ne pas avoir d'ennuis avec sa société. C'est bien cela, n'est-ce pas, mademoiselle Kronen ?

— Oui. Comment le savez-vous ?

Il fit un geste de la main.

— Je vous avais bien dit que j'étais extralucide, plaisanta-t-il.

— Mais vous avez omis un détail.

— Lequel ?

— Il m'a proposé également de partir en vacances avec lui à Ibiza. A ses frais.

— Quelle générosité ! Et vous appelez cela un maître chanteur ?

— Il ne l'est pas, selon vous ? répondit Sonja, que les paroles d'Albert avaient de nouveau mise mal à l'aise.

— C'en est un, et de la pire espèce, mademoiselle Kronen, mais il est aussi très rusé. Voyez-vous, c'est à cela que je pensais quand je parlais de faits objectifs. Nous n'obtiendrions jamais gain de cause devant un tribunal avec ce que vous m'avez dit. Pour cela, il faut que le chantage soit clair, évident, indéniable, vous comprenez ? Par ailleurs, vous n'avez aucun témoin, aucune preuve. Vous étiez seule avec lui. Il n'y a aucune trace écrite. Il n'aurait donc aucun mal à nier tout en bloc et il se paierait même le luxe de porter plainte contre vous pour diffamation. C'est tout ce que nous aurions gagné dans l'affaire.

— Mais si sa société me presse effectivement de payer dans les semaines qui viennent, n'aurions-nous pas là une preuve suffisante ?

— Ce serait déjà mieux que rien, à condition que vous soyez en mesure de prouver que ce monsieur est à l'origine des pressions qui s'exercent sur vous. Le pourriez-vous ?

— Non, riposta Sonja, un peu déprimée. Quelles preuves pourrais-je fournir ?

— Vous voyez bien ! (Il hocha la tête.) C'est pourquoi je pense qu'il vaut mieux éviter de porter plainte. Il va falloir trouver un autre moyen.

— Vous avez une idée ?

— Nous allons lui mettre des bâtons dans les roues en le menaçant de tout dévoiler à sa société s'il met sa menace à exécution. Je vais lui écrire une lettre dans ce sens dont je garderai un double à l'étude. En cas de besoin, nous l'enverrons à sa société. Nous lui ferons comprendre que les choses dépendent de lui dorénavant. D'accord, mademoiselle Kronen ? Voilà la démarche que je vous propose. J'aurai besoin pour cela de l'adresse de cet individu. L'ennui, évidemment, c'est que de cette façon, nous lui éviterons la prison.

— Oh ! s'écria Sonja avec soulagement, l'essentiel, c'est que mon magasin soit sauvé ! Tout le reste m'est complètement égal.

Elle lui donna ensuite l'adresse personnelle de Becker à Regensbourg. Elle la connaissait car Becker l'avait invitée chez lui à plusieurs reprises, « en tout bien tout honneur », naturellement ! En réalité, il l'invitait toujours quand sa femme était partie en cure pour soigner ses rhumatismes ou lorsqu'elle allait rendre visite à sa mère à Dresde, ce qui arrivait deux fois par an.

— Maître, déclara Sonja, sentant que le moment était venu, combien vous dois-je ?

— Rien, répondit-il à cette question dont il savait qu'elle n'avait été posée que pour la forme.

— Mais...

— J'ai conclu un accord à ce sujet avec votre amie. Vous ne me devez rien.

Sonja fit un pieux mensonge.

— Elle ne m'en avait rien dit.

Bien sûr qu'elle te l'a dit ! pensa Albert. Tu me racontes des histoires, je le lis sur ton visage. Si ce n'était pas le cas, je commencerais à douter de ma connaissance des femmes.

Albert avait vu juste. Véra n'avait pas caché à son amie, au téléphone, ce qui s'était passé chez elle la veille. Elle avait songé que c'était le moyen le plus sûr pour empêcher quoi que ce soit entre Albert et Sonja, pour le cas où ils auraient eu des idées...

— Votre amie ne m'a pas laissé d'autre choix que de m'intéresser à votre affaire.

— Véra fait beaucoup pour moi, répliqua Sonja, l'air mystérieux. Parfois, même, elle en fait trop.

Ils se regardèrent.

— La nouvelle se débrouille bien dans votre magasin ?

Sonja le corrigea non sans brusquerie.

— Dans ma maison de couture, s'il vous plaît ! (Puis elle ajouta :) C'est un peu tôt pour se faire une idée. C'est son premier jour.

— J'espère que vous en serez satisfaite.

— Je l'espère aussi. D'ailleurs, c'est à contrecœur que je l'ai laissée seule aujourd'hui et je suis un peu inquiète. Il est grand temps que je parte. (Elle se leva pour donner plus de poids à ses paroles.) Il y a encore une chose, maître...

— Oui ?

— J'ai essayé plusieurs fois de joindre M. Thaler au téléphone.

— M. Thaler ?

— Oui, sans succès. Et aujourd'hui je n'en ai pas encore eu le temps. Je voulais lui dire une chose que je peux tout aussi bien vous dire à vous.

— Certainement. De quoi s'agit-il ?

— Cela vous concerne d'ailleurs aussi, fit-elle en souriant. Vous aviez l'intention tous les deux, je crois, de m'inviter à faire de la voile...

— Absolument.

— Vous êtes toujours d'accord ?

— Mais certainement.

— Alors, je suis de la partie.

Albert applaudit comme un gamin.

— Je suis ravi. Véra est déjà au courant ?

— Oui.

— Depuis quand ?

— Depuis hier. Je pensais qu'elle vous l'avait déjà appris.

Effectivement, réfléchit Max, elle aurait pu m'avertir. Pourquoi me l'a-t-elle caché ? Il n'y a qu'une seule explication plausible : elle a eu peur que je ne couche pas avec elle. Et pourquoi ? Peut-être a-t-elle craint que je n'aie des visées sur Sonja. Est-ce le cas ? Certainement, mais cela ne m'aurait pas empêché de faire l'amour avec Véra. Comme dit le proverbe : « Un tiens vaut mieux que deux tu l'auras. »

Sonja lui tendit la main.

— Au revoir, maître. J'attends de vos nouvelles.

— Au revoir, mademoiselle Kronen, je reprendrai très rapidement contact avec vous pour l'affaire Becker et aussi pour cette partie de voile.

— Au revoir, répéta Sonja avant de partir.

Il ne fut plus question pour Albert de travailler ce jour-là. La visite de Sonja l'avait complètement déconcentré. Il eut tout juste le courage de rédiger la lettre qu'il destinait à Ernest Becker, et ce fut à peu près tout.

L'arrivée de Karl Thaler à la société de distribution cinématographique *Union* provoqua quelques remous. Le personnel d'une telle société se compose essentiellement — comment pourrait-il en être autrement ? — d'un grand nombre de jolies jeunes femmes dont on peut dire que la plupart avaient nourri l'espoir de faire du cinéma et s'étaient finalement retrouvées dans la distribution cinématographique. Plusieurs croyaient d'ailleurs encore qu'il s'agissait là pour elles d'une sorte d'étape intermédiaire.

Les bureaux n'allaient pas tarder à fermer. Karl Thaler, très décontracté, salua le gardien, un homme d'un certain âge dont le bras et la jambe gauches portaient encore les traces de blessures reçues lors des ultimes combats de Berlin. Il regarda ostensiblement l'horloge avant de demander à Thaler ce qu'il désirait. On fermait boutique dans moins de dix minutes...

— Où se trouve le bureau de Mlle Lang, s'il vous plaît ? répondit Karl.

En voilà encore un qui ne sait pas s'exprimer avec précision, pensa le gardien. On ne peut rien attendre d'autre de la jeunesse actuelle.

— Laquelle ? grogna-t-il. Il y a deux Mlle Lang ici.

— Véra Lang.

— Elle est au courant de votre visite ?

— Oui.

Le gardien saisit le combiné.

— Je vais l'avertir que vous êtes arrivé. Vous ne pourrez plus obtenir grand-chose à cette heure-ci, il est trop tard. Vous êtes monsieur... ?

— Où est son bureau ? répliqua Thaler.

— Je suis obligé de vous annoncer...

— A quoi bon ?

— C'est le règlement.

— Oui, mais j'aimerais bien lui faire une surprise.

Le gardien raccrocha.

— C'est personnel ?

— Oui.

— Pourquoi ne me l'avez-vous pas dit tout de suite ? Pièce 23, troisième étage.

— Merci.

Le regard désapprobateur du concierge suivit Karl. C'était à se demander pour qui et pour quoi lui et tous ceux de sa génération avaient combattu. Pas pour une jeunesse comme celle-là, en tout cas !

Puis il décrocha rapidement le combiné et appela Véra.

— Il y a quelqu'un qui monte vous voir. Il n'a pas voulu me dire son nom. Je voulais simplement vous avertir. Je n'ai pu le retenir et j'espère que je n'ai pas commis une erreur en le laissant monter.

— Ne vous inquiétez pas, monsieur Schmitt, je l'attendais, déclara Véra pour le calmer. (Mais elle voulut s'assurer qu'il s'agissait bien de Karl Thaler.) A quoi ressemblait-il ?

Barthélemy Schmitt dut réfléchir un instant. Puis il se souvint du détail le plus caractéristique.

— Il portait des chaussures de sport.

— Alors, c'est bien lui. Merci, monsieur Schmitt.

Des chaussures de sport ? songea-t-elle. Cela veut dire qu'il ne m'emmènera pas aux *Quatre Saisons*. De plus, il fait une confiance absolue aux prévisions météorologiques. Et il n'a pas l'air d'éprouver un respect démesuré à mon égard : des baskets ! Non que Véra ait eu quoi que ce soit contre les baskets en général, contrairement à M. Schmitt, mais il y avait des situations où elle préférait des chaussures d'un autre style. Je vais le lui faire comprendre ! Mais où diable est-il passé ?

Karl Thaler prenait son temps et il avait quelques raisons pour cela. Il avait remarqué chemin faisant que l'immeuble regorgeait de jeunes filles, plus séduisantes les unes que les autres. Il en rencontrait à chaque pas, il en voyait à chaque étage. Il manqua même rater une marche parce que son regard s'était attardé à admirer de belles jambes qui passaient par là... Au troisième étage, enfin, une de ces jolies créatures eut pitié de lui et lui demanda ce qu'il cherchait.

En te regardant, se dit-il, j'ai bien envie de ne pas répondre trop vite. Je préférerais faire encore quelques détours pour engager une vraie conversation. La communication, voilà ce qui manque à l'homme moderne ! Moins de télévision, plus de contacts humains. C'est d'ailleurs ce que répète constamment le ministère de la Famille.

Il continua donc son petit numéro de chien perdu sans collier.

— Merci de vous occuper de moi, fit-il. Où suis-je ?

— Au troisième étage.

— Et quel est le nom de la société ?

La jeune fille se mit à rire.

— Vous êtes à l'*Union*.

— Vous vous moquez de moi ! soupira Karl. Pourquoi ?

— Mais parce que tout l'immeuble appartient à la même société !

— Ah bon ? L'immeuble tout entier ?

— Oui.

— Il arrive souvent qu'il y ait plusieurs sociétés dans le même immeuble. C'est pour cela que je demandais.

— D'ailleurs, je ne me moquais pas de vous, et vous avez eu tort de le croire. Simplement, vous étiez plutôt comique. Quelle société cherchez-vous ?

— La société *Union*.

La jeune fille ne put s'empêcher de rire de nouveau. Mais cette fois-ci, Karl Thaler s'associa à sa gaieté et cela le rendit encore plus séduisant. Ses dents blanches étincelaient, ses yeux si expressifs firent une grande impression à la jeune fille et elle se mit à penser à des choses auxquelles elle n'aurait pas dû songer en ces premiers instants d'une rencontre...

Une autre jeune fille s'approcha, observant Karl Thaler. Il lui plaisait et elle ne voulait pas l'abandonner ainsi à sa collègue. Elle s'arrêta donc.

— Je peux t'aider, Anne-Marie ?

— Inutile, Liliane, merci.

— Ce monsieur cherche quelqu'un ?

— Je suppose que oui.

— Et qui cherche-t-il ?

— Je ne le sais pas encore, il était sur le point de me le dire.

Liliane s'adressa à Karl.

— Vous pouvez me le dire. Ma collègue ne travaille pas ici depuis très longtemps et ne connaît pas tout le monde.

Anne-Marie ne se laissa pas faire.

— Liliane, ne raconte donc pas de bêtises !

— Des bêtises ? fit Liliane avec un petit sourire hypocrite. C'est ce que tu disais, pas plus tard qu'hier, à la cantine.

— Non ! J'ai simplement fait remarquer qu'il y avait

constamment des visages nouveaux chez nous et qu'il peut donc arriver...

— Tu vois bien, c'est exactement ce que je disais.

Cette querelle alerta une troisième jeune fille qui se rendait aux toilettes. Elle vit immédiatement que le torchon brûlait entre Anne-Marie et Liliane, et elle trouva malséant qu'elles règlent leurs différends devant un homme aussi séduisant, au lieu de lui demander ce qu'elles pouvaient faire pour lui. Elle s'appelait Barbara et elle avait plus de poids dans l'entreprise que Liliane et Anne-Marie, car elle était la secrétaire d'un membre de la direction.

Karl s'intéressait tout particulièrement à la poitrine de Barbara qui ne souffrait aucune comparaison avec celle de ses deux collègues. En revanche, c'est Liliane qui avait le plus séduisant visage et Anne-Marie les plus jolies jambes.

Il ne manque plus que celle qui aura les plus belles fesses, pensa Karl.

— Vous désirez voir un de ces messieurs ? lui demanda Barbara.

— Pas le moins du monde, répondit-il en souriant à la ronde, faisant ainsi profiter tout le monde de son sourire.

Liliane et Anne-Marie auraient volontiers repris la parole, mais un regard de Barbara les réduisit au silence.

On entendit alors une voix retentissante qui venait de l'un des bureaux :

— Et mon café ?

Liliane sursauta et s'éloigna rapidement.

— Vous voulez donc voir une de ces dames ? interrogea Barbara.

— Oui.

— Et qui désirez-vous voir ?

— Mlle Lang.

— La directrice du service de presse ou la comptable ?

Karl haussa les épaules.

— Je n'en ai pas la moindre idée. Je ne peux que vous dire son prénom.

— Comment s'appelle-t-elle ?

— Véra.

Barbara et Anne-Marie poussèrent un soupir de soulagement.

— Alors, vous voulez voir la directrice du service de presse, reprit Barbara. Pièce 23, au bout de ce couloir. Je vous y conduis, venez. Elle est peut-être déjà partie, nous fermons dans quelques minutes.

Barbara n'eut cependant pas besoin d'accompagner Karl. Véra, en effet, était sortie de son bureau entre-temps et scrutait le couloir. Lorsqu'elle le vit, elle lui fit signe de la main.

— Où étiez-vous passé ? Le gardien vous a annoncé il y a une éternité !

Son bureau fit grande impression à Karl. Les meubles tout à la fois harmonieux et fonctionnels dont Véra était entourée en disaient long sur l'importance de son poste dans la maison.

— Les choses n'étaient pas très claires, répondit-il. J'ai dû demander mon chemin.

— Je croyais que le gardien vous avait tout expliqué.

— Oui, mais j'ai dû mal comprendre. (Il sourit.) Et d'ailleurs, il n'aurait rien pu m'arriver de mieux.

— Pourquoi ?

— Parce que le personnel qui s'est occupé de moi était tout à fait charmant.

— Tiens, tiens ! fit Véra en riant. J'aurais donc pu attendre encore longtemps ! La prochaine fois, je dirai à M. Schmitt de vous tenir en laisse le temps que je descende et vienne vous chercher !

— Qui est M. Schmitt ? C'est le gardien ?

— Oui. C'est un homme très consciencieux. Le règlement avant tout !

— Il est effectivement très consciencieux.

Véra aborda immédiatement un sujet dont elle avait décidé de parler d'entrée de jeu.

— Après vous avoir laissé passer, il a eu peur d'avoir

commis une erreur. C'est pourquoi il m'a appelée immédiatement pour m'avertir. Et savez-vous comment il s'y est pris ?

— Non.

— Il m'a dit que la personne qui montait portait des… chaussures de sport !

Karl se mit à rire et regarda les baskets qu'il avait aux pieds.

Véra ne riait pas. Et Karl s'arrêta bientôt.

— Vous ne trouvez pas cela curieux ? demanda Véra.

— Curieux ? Pourquoi ? (Karl comprit soudain.) Ah, je vois que vous avez un point commun, tous les deux…

— Dans la mesure où j'imaginais que nous allions dîner ensemble, oui. Je ne m'attendais pas à cela.

— Mais nous allons effectivement dîner.

— Où cela ?

— Où vous voudrez.

— Vous n'allez tout de même pas m'emmener aux *Quatre Saisons* ?

— Si, même aux… euh… non, pas aux *Quatre Saisons*. Mais pour une autre raison.

— Laquelle ?

— Financière… L'endroit est un peu cher pour ma bourse. Vous saisissez ?

— Tout à fait. Si j'ai bien compris, ce ne sont pas vos chaussures qui vous empêcheraient d'y aller ?

— Exactement.

— Mais ils ne vous laisseraient pas entrer.

— Peut-être, mais dans dix ou vingt ans, qu'en sera-t-il, à votre avis ?

— Je ne vous suis pas.

— Si Picasso vivait encore, vous croyez qu'ils ne le laisseraient pas entrer, quelle que soit sa tenue ? Vous pouvez vous imaginer qu'on le fiche à la porte ? Ou ne croyez-vous pas plutôt qu'ils se mettraient tous à plat ventre, même s'il arrivait en costume d'Adam ? Cela dit, ils n'auraient pas laissé entrer non plus le jeune Picasso.

— C'est vrai, admit Véra.

— C'est vrai, affirmez-vous. Et vous trouvez que c'est normal ?

— Non.

— Vous voyez bien !

— Mais je n'ai pas fini ! Je trouve que c'est anormal, mais je sais pertinemment que mon avis là-dessus n'a strictement aucune importance. Le monde a ses règles du jeu, et la façon dont il traite le jeune ou le vieux Picasso relève de ces règles. Nous ne pouvons rien y changer.

— Le ton de votre voix en dit long...

— Cela signifie simplement que je me suis fait une raison. Il est inutile de partir en guerre contre de telles lois.

— De telles lois ? Mais ce ne sont pas des lois ! Les grands génies artistiques ont toujours lutté contre ces préjugés.

— Et vous êtes un grand génie artistique ?

Silence.

Grands dieux ! songea Véra. Pourquoi perdons-nous notre temps à discuter ici ? Nous parlons, nous parlons, et nous en oublions presque nos projets. Nous devions aller dîner !

Qu'est-ce qu'elle m'a demandé ? pensa Karl. Si je suis un...

Le voilà qui rougit, se dit Véra. J'ai dû le blesser. Je n'aurais pas dû aborder cette question.

Mauvais départ, réfléchit Karl. Je n'ai aucune chance avec celle-là, on voit bien ce qu'elle pense de moi. Elle n'aurait pas pu s'exprimer plus clairement. Les choses vont vraiment à toute allure. Il n'y a pas cinq minutes, tout était différent. Mais je suis le seul responsable. Je l'ai provoquée jusqu'à ce qu'elle me pose cette terrible question : suis-je un grand... Ça me servira de leçon. C'est idiot de parler d'art avec des gens pareils. Qu'est-ce qu'ils y connaissent ? Ce sont des ignares. Tout cela n'a rien à voir avec ce que je suis en réalité. C'est une jolie fille, très séduisante, et j'aurais volontiers fait plus ample connaissance avec elle. Mais ses paroles ne me sortent pas de l'esprit.

— Nous partons ?

Karl sursauta.

— Partir ? Où cela ? demanda-t-il.

— Où cela ? Mais c'est à vous de le savoir !

— Mais...

— Ou bien avez-vous déjà renoncé à notre projet ?

Il la regarda, soupira, et sourit enfin de nouveau.

— Véra... Je peux vous appeler Véra, n'est-ce pas ?

— Oui, Karl.

— Vous êtes... Vous avez... Vous me donnez sacrément du fil à retordre !

Toi aussi, se dit Véra.

— Il y a la *Taverne du Palais,* tout à côté. Vous connaissez ?

— Oui, pourquoi ?

— Nous pourrions laisser ma voiture ici et y aller à pied.

— Vous voulez dîner là-bas ?

— Oui. (Elle pensa subitement aux finances de Karl.) Ou bien est-ce que cela ne vous tente pas ?

Karl pensait à autre chose.

— Véra, dit-il, vous oubliez que j'ai toujours aux pieds mes chaussures de sport, que je suis en jean, que je ne porte pas de cravate et que ma veste de cuir avoue une certaine fatigue...

— Je sais, je sais. Mais la *Taverne du Palais* n'a rien à voir avec les *Quatre Saisons.*

— Ce n'est pas non plus le premier bistro venu. Non, ce qui me paraît plus ennuyeux, c'est que *vous* puissiez être choquée de mon apparence vestimentaire.

Il put encore une fois enregistrer un succès éclatant, car Véra, après l'avoir toisé des pieds à la tête en souriant, affirma :

— Mais je ne suis pas choquée le moins du monde. En fait, je ne vous trouve pas mal du tout tel que vous êtes, vous savez. Nous allons voir si les gens, là-bas, sont du même avis que moi.

— Bon, dans ce cas je suis d'accord. En route pour la *Taverne du Palais* !

Il y avait de tout dans ce restaurant : des jeunes, des vieux, des gens tranquilles et d'autres plus bruyants, certains étaient habillés à la dernière mode, d'autres vêtus de manière tout à fait classique. Il y avait des gens riches et d'autres moins riches, des gens beaux et d'autres laids, il y avait des boute-en-train, mais aussi des éteignoirs. Aucun d'entre eux ne se préoccupa le moins du monde de Karl Thaler. Il y a beaucoup d'endroits de ce genre à Munich qui ont une certaine classe, mais qui ne donnent pas trop dans le snobisme.

Ce qui caractérisait Karl, c'était la jeunesse, une certaine turbulence, des vêtements modestes, la beauté, l'intelligence, la drôlerie.

Et Véra ? Elle était jeune, elle aussi, modérément turbulente, elle ne manquait pas d'élégance, était très jolie, intelligente et amusante.

A la table voisine, il y avait un vieux couple, très riche, très élégant, très moche ; tous deux apparemment sourds et muets et dégageant un mortel ennui. Véra et Karl pouvaient se féliciter de ne pas leur ressembler.

— Qu'est-ce que nous mangeons ? demanda Véra avant que n'arrive la serveuse.

La carte était très variée. Cela allait du menu de luxe au menu économique (autrefois, on aurait dit bon marché, mais cette expression est très mal vue de nos jours, à tort d'ailleurs.)

Sans consulter la carte, Karl répliqua :

— Je sais ce que je vais prendre. Des knödels et des saucisses de Nuremberg avec de la choucroute.

— Moi aussi.

— Ah non, pas vous !

Elle savait ce que cela signifiait et le regarda, prête au combat.

— Et pour quelle raison ?

— Je voudrais que vous choisissiez ce dont vous avez vraiment envie.

— Je l'ai dit : des saucisses accompagnées de choucroute, et avant, des knödels.

— Vous voulez simplement ménager mon porte-monnaie.

C'est juste, pensa-t-elle.

— Pas du tout. J'adore ça !

— Je vous croirais si vous étiez bavaroise.

— Mais vous n'êtes pas bavarois non plus ! Et pourtant, c'est ce que vous voulez commander.

— Moi, c'est différent.

— Pourquoi ? J'imagine que vous prenez ça parce que c'est un plat que vous aimez.

— Non, pas spécialement.

— Mais alors pourquoi ?

Il se mit à rire.

— Pour ménager mon porte-monnaie.

Elle trouva cette réponse tout à fait charmante.

La serveuse arriva. C'était une jeune Italienne qui ne maîtrisait pas encore très bien l'allemand. Mais elle avait des appas charmants qui faisaient oublier à sa clientèle masculine ses lacunes linguistiques. Karl aussi se délecta à la vue de ces charmes méditerranéens et Véra s'en rendit aussitôt compte.

Karl était obsédé par les beaux postérieurs... On l'avait déjà remarqué dans les couloirs de la société *Union* : il avait regretté là-bas une lacune que comblait le spécimen italien qu'il avait maintenant en face de lui.

Véra n'eut aucun mal à interpréter le regard de Karl et cela réveilla son amour-propre.

C'est vrai, se dit-elle, cette petite a des fesses tout à fait intéressantes, mais personne ne s'est jamais plaint des miennes jusqu'à présent.

Karl passa la commande. Des difficultés apparurent.

— Deux potages aux knödels, s'il vous plaît, et...

La petite Napolitaine lui coupa la parole.

— Non !

— Quoi, non ?

— Pas manger !

Karl regarda la serveuse, puis Véra, puis de nouveau la serveuse.

— Nous ne devons pas manger ?

L'Italienne confondit vouloir et devoir.

— Vous ne pas vouloir manger ? demanda-t-elle.

— Si, nous voulons manger, mais vous nous dites que nous ne devons pas, répondit Karl.

— Non, je dis manger, mais pas manger ce que vous dire manger.

Karl poussa un long soupir.

— Mon enfant, écoutez...

Véra intervint.

— Karl, peut-être veut-elle dire qu'il n'y a pas de potage aux knödels aujourd'hui.

— Vous croyez ?

— C'est possible.

Mais Karl n'entendait pas baisser les bras aussi vite.

— Mon enfant, reprit-il en regardant la serveuse, fini le potage aux knödels ?

La joie éclaira le visage de Gina.

— C'est ça, fini !

Et voilà ! Mais Karl ne voulut pas donner l'impression d'être l'artisan de ce succès indéniable. C'est pourquoi il félicita Véra.

— Vous êtes géniale. (Puis il se tourna vers Gina pour battre le fer pendant qu'il était encore chaud.) Vous avez des potages à quoi ?

— Des potages à quoi ? Non, nous n'avons pas des potages à quoi. Aujourd'hui, il y a des potages aux tomates, aux poireaux, au poisson, mais pas de potage à quoi. Peut-être demain.

On imagine aisément que les choses durèrent un bon moment avant que Karl et Véra ne puissent commencer à savourer leur potage.

— Munich n'est plus ce qu'elle était, déclara Karl pour résumer ses impressions. Quand je m'y suis installé, j'ai eu certes quelques difficultés de communication avec les autochtones, mais on arrivait toujours à s'arranger d'une façon ou d'une autre. D'autre part, il était inimaginable, alors, qu'un restaurant munichois ne serve pas de potage aux knödels. Vous ne pouvez pas vous imaginer ce qu'a été ma première tentative. Je m'étais dûment renseigné auparavant pour savoir ce que c'était au juste que des knödels. On m'avait répondu qu'il s'agissait de boulettes que l'on mettait dans le potage. Bon, me suis-je dit, allons-y ! Moi, j'imaginais des boulettes de la taille d'un petit pois, vous comprenez, et puis j'ai trouvé ces énormes machins dans mon potage. Et à l'époque, on vous en mettait deux dans votre assiette ! Voilà la troisième différence essentielle entre la Munich gastronomique d'hier et celle d'aujourd'hui. La quatrième, c'est qu'il n'existait pas encore de saucisses en boîte.

Véra riait aux larmes.

— Je suppose que vous vivez ici depuis une éternité ?

— Ça ne date pas de si longtemps, vous savez !

Pas un mot de la conversation n'avait échappé à leur élégante et maussade voisine. Elle se disait que ce devait être délicieux de passer la soirée en compagnie de ce jeune homme un peu débraillé, certes, mais si divertissant.

Et, de son côté, son compagnon songeait que ce jeune homme avait beau jeu d'être amusant avec une fille aussi vive et jolie. Une telle partenaire ne pouvait que vous rendre spirituel et charmant.

Véra se leva en s'excusant. Aucun besoin naturel n'en était la cause, mais une fille capable de rire comme Véra savait que les larmes laissent des traces qu'il faut effacer de quelques coups de houppette.

Karl profita de l'absence de Véra pour déclarer à Gina qu'elle était la plus jolie fille d'Italie. Miracle ! Gina sembla le comprendre parfaitement.

Lorsque Véra revint, repoudrée et parfumée, car elle en avait profité pour user de son eau de toilette, Karl lui accorda de nouveau toute son attention.

— Véra, que faites-vous le week-end prochain ?

Véra pensa à Albert Max. Elle ignorait quels étaient ses projets.

— Je ne peux pas encore le dire, pourquoi ?

— Je voudrais que vous posiez pour moi.

— Déjà ?

— Pourquoi pas ?

Oui, pourquoi pas ? pensa Véra. Mais que faire si Albert a déjà prévu quelque chose ? Il faut que je me ménage une porte de sortie.

— Vous savez, il est possible que je sois prise. Ce n'est pas encore décidé. Faut-il absolument que ce soit durant le week-end ?

— Non, bien sûr, seulement vous travaillez en semaine et vous ne pourriez venir que le soir. Et j'ai besoin de la lumière du jour pour peindre.

— Je comprends, mais vraiment, le week-end prochain... (elle haussa les épaules)... je serai peut-être prise, je ne peux encore vous le dire.

— Et le week-end suivant ?

Véra réfléchit un instant. Le problème était le même, car elle ne savait pas davantage si Albert aurait envie de la voir. Elle savait simplement qu'elle, pour sa part, voulait être libre pour lui à tout moment. Par ailleurs, la compagnie de Karl lui était très agréable. Cruel dilemme !

— Je vais vous faire une proposition, annonça-t-elle enfin. Je vous appellerai dès que je serai fixée. De toute façon, j'ai votre numéro.

— D'accord.

— Je vais vous dire de quoi cela dépend.

— Je vous écoute.

— Cela dépend de votre ami Albert.

— Ah bon ? Il dispose déjà de votre temps à sa guise, celui-là ?

Véra rougit.

— S'il le veut, oui.

— Il en a de la chance !

Véra ressentit cependant le besoin d'ajouter :

— Mais cela ne signifie pas que vous ne pouvez pas

lui faire concurrence. Je suis tout à fait disposée à venir vous voir.

— Attendons, attendons, répondit Karl avec un air mystérieux.

— D'ailleurs, il sait que je dois poser pour vous. Je le lui ai dit.

— Il est probable qu'il vous délaisse un peu ces temps-ci.

— Pourquoi ?

— Il a eu des problèmes à l'étude et il est submergé de travail.

— Quel genre de problèmes ?

— Une de ses secrétaires l'a laissé tomber. J'étais là quand c'est arrivé.

Tiens, tiens, se dit Véra, il avait donc quelques arrière-pensées lorsqu'il m'a demandé de venir l'aider. C'était peut-être plus sérieux que je ne le pensais.

— Qui est responsable de ce départ ? demanda-t-elle.

Karl tourna autour du pot.

— Euh... je ne sais pas trop.

— Comment, vous ne savez pas ? Vous venez de me dire que vous aviez assisté à la scène.

— C'est-à-dire... ce n'est pas exactement cela. Je ne suis pas un patron, moi, vous savez. Je n'ai pas tout à fait les mêmes critères de jugement.

— Ah, je comprends ! A vos yeux, c'est lui le responsable et vous ne voulez pas le critiquer devant moi.

— Je ne veux pas vous donner une fausse image de lui.

— Racontez-moi comment les choses se sont passées.

Dans le récit qui suivit, c'est Albert Max, et non la secrétaire, qui jouait le rôle le plus ingrat, malgré tous les efforts déployés par Karl pour ménager son ami. C'est ainsi qu'il dit en passant qu'il était possible qu'Albert n'ait pas vraiment attiré l'attention de sa secrétaire sur l'urgence de cette lettre. Mais Véra ne fut pas dupe.

— Voyons, Karl, protesta-t-elle en secouant la tête, pouvez-vous m'expliquer comment elle aurait pu inventer une chose pareille ?

Karl ne sut que répondre.

Il ne voulait pas donner l'impression de faire concurrence à son ami en profitant de l'occasion pour lui faire perdre du terrain dans l'estime de Véra. Aux termes de l'accord conclu, ce n'était pas de Véra qu'il devait s'occuper, mais de Sonja. C'est ainsi qu'ils s'étaient réparti les tâches pour atteindre le but fixé. Ce n'est qu'à ce moment-là — lorsque Sonja pénétrerait dans la chambre à coucher d'Albert — que Karl serait libre de tenter sa chance auprès de Véra, pour le cas où elle lui plairait encore.

En fait, songea Karl en regardant Véra, c'est dommage pour cette fille. Mais malheureusement, on ne peut plus rien y changer.

— A quoi pensez-vous ? s'enquit Véra qui avait remarqué son air absent.

— Pardon ?... A vous, évidemment.

— Allons, Karl, soyez sincère !

— Si, je vous assure. Je me demandais où vous habitiez. Vous ne me l'avez pas encore dit.

— A Ottobrunn.

— Et votre amie ?

— Près de sa boutique.

— Albert m'a dit qu'elle avait cherché à m'appeler, mais que, finalement, c'était à lui qu'elle avait donné sa réponse. Vous lui aviez communiqué mon numéro ?

— Oui. Je n'aurais pas dû ?

— Si, si, pourquoi ? Il n'y a aucune raison. Ce qui m'étonne, c'est qu'elle n'ait pas réussi à me joindre.

— Elle n'a pas été assez persévérante.

— Vous croyez qu'elle va vraiment se joindre à nous pour cette partie de voile ?

— Vous me demandez si c'est une fille qui sait ce qu'elle veut ?

— Oui.

— Tout à fait. Quand elle a pris une décision, elle s'y tient.

— Au début, pourtant, elle nous avait boudés. Ensuite, elle a changé d'avis du jour au lendemain. Cela contredit votre thèse. Pour quelle raison, selon vous ?

Véra dut recourir au mensonge.

— Je ne sais pas. Tout ce que je peux vous dire, c'est que ce n'est pas dans ses habitudes. Croyez-moi, je vous ai dit la vérité. Vous aurez sûrement l'occasion de vous en rendre compte.

Il y eut du mouvement tout à coup à l'entrée du restaurant, car de nouveaux clients arrivaient. Parmi eux se trouvait un fumeur de pipe à l'air inquiet, mais cette inquiétude était due tout simplement au stress dont souffrent tous les fumeurs de pipe : sa pipe s'éteignait constamment. Les pipes ont cette habitude détestable.

— Ah ! s'écria Véra, M. Bach !

Elle désignait le fumeur de pipe.

Karl regarda dans la direction du personnage. On pouvait voir que M. Bach avait aussi quelques difficultés avec ses lunettes qui s'étaient couvertes de buée à cause du changement de température. L'infortuné fut contraint de s'arrêter au bout de quelques pas, de retirer ses lunettes et de les nettoyer pour ne pas courir le risque de heurter la première table qui se trouverait sur son chemin. Tant qu'il n'eut pas rechaussé ses lunettes, il ne fut pas en mesure d'apercevoir Véra.

— C'est un de vos amis ? demanda Karl.

— Oui, c'est notre chef de publicité.

J'espère qu'il ne va pas avoir la mauvaise idée de s'installer à notre table, pensa Karl.

Il se faisait des illusions...

Ses lunettes sur le nez, M. Bach put reconnaître sans peine sa jolie collègue à laquelle il s'intéressait depuis longtemps. Il s'approcha rapidement. Véra ne passait pas inaperçue. C'était d'ailleurs aussi le cas de Sonja. Mais ce qui les différenciait, c'est qu'un homme qui posait son regard sur Véra pouvait avoir quelque espoir, alors qu'avec Sonja il sentait aussitôt que c'était peine perdue. Véra était une fille excitante, sinon provocante, Sonja était plutôt froide, en apparence, en tout cas.

— Bonsoir, Véra.

— Bonsoir, don José.

Dans un grand élan, M. Bach écarta les bras, donnant l'impression qu'il l'aurait serrée très fort contre lui, si sa pipe ne l'en avait empêché.

— Véra, que faites-vous ici ? Vous êtes là depuis longtemps ? Savez-vous d'où je viens ?

— Non, don José.

Véra avait répondu à la dernière des trois questions que Bach venait de lui poser successivement. On en avait l'habitude à l'*Union,* on s'y était résigné. Parfois, il allait même jusqu'à une demi-douzaine de questions à la suite, et n'attendait de réponse qu'à la dernière. Cela simplifiait grandement les conversations avec lui.

Il arrivait de *La Petite-Comédie,* un théâtre tout proche.

— C'était une mauvaise pièce. Vous la connaissez ? Vous connaissez l'auteur ? Que dire d'une mise en scène inexistante ? Je peux m'asseoir à votre table, Véra ?

— Je vous en prie.

— Merci. (Il prit place sans s'arrêter pour autant de parler.) Vous n'êtes pas seule ? Je ne vous dérange pas, au moins ? Voudriez-vous me présenter à votre ami ?

— M. Bach... M. Thaler.

— Thaler, avec un *h,* interrogea Bach, ou sans *h,* comme un *taler,* la pièce de monnaie ? Cela me rappelle une pièce de théâtre où un professeur demande à un élève qui s'appelle Pfeiffer : « Pfeiffer avec un seul *f* ou avec deux *f* ? — Avec trois *f,* monsieur, un après le *p,* et deux après le *i.* » Vous la connaissiez ? Savez-vous que le fils de l'auteur est de mes amis ?

Toutes ces questions s'adressaient à Thaler, mais c'est Véra qui se chargea d'y répondre, à la dernière, du moins.

— M. Thaler ne le sait certainement pas, mais moi je le sais, don José.

— Ah bon ! Vous le savez. Et comment le savez-vous ? Je vous l'avais déjà raconté ?

— Oui, don José.

— Ne croyez-vous pas, Véra, que nous devons une explication à M. Thaler... Thaler avec ou sans *h* ? Je ne le sais toujours pas.

— Avec un *h*, fit Thaler.

— Oui, je disais que nous lui devions une explication. Comment peut-il savoir pourquoi vous m'appelez don José ? Ou croyez-vous qu'il ne trouve pas cela bizarre ? Je suis convaincu du contraire. Dois-je lui expliquer ?

— Oui, don José.

La pipe de M. Bach s'était éteinte de nouveau malgré tous ses efforts. Il dut la rallumer.

— Monsieur Thaler, est-ce que le nom de Bach vous dit quelque chose ? Le cantor de l'église Saint-Thomas ? Leipzig ? Mais vous n'êtes peut-être pas mélomane ? Si, si, vous l'êtes, n'est-ce pas ? Dans ce cas, vous connaissez aussi ses deux prénoms : Johann Sebastian, n'est-ce pas ? Qui ne les connaît pas ? Mais ce que vous ne savez pas, monsieur Thaler, c'est que mes parents ont eu la malencontreuse idée de m'appeler de la même façon. Ou bien est-ce que vous y aviez déjà pensé ? Ce sont ces deux prénoms qui sont à l'origine de don José. Je suis sûr que vous ne voyez pas le rapport. Prenez les deux premières lettres de chacun des deux prénoms et assemblez-les. Qu'est-ce que cela donne ? Un *j* et un *o* d'une part, un *s* et un *é* d'autre part : *José.* Tout ce qu'il y a de plus espagnol. L'accent sur le *e* est venu tout seul. Il ne manquait plus que le *don.* Cela n'a pas pris très longtemps. Je crois que c'est la jeune femme que Véra a remplacée qui en a eu l'idée. C'est bien cela, Véra ? Vous la connaissiez, n'est-ce pas ? Non ? Si ? Bon, c'est oui ou c'est non ? Est-ce que vous m'avez écouté, au moins ?

— Très attentivement, don José.

M. Bach se tut tout à coup, son regard se figea et il se frappa le front de la main avant de demander à Karl et Véra :

— Vous savez à quoi je viens de penser ? J'avais rendez-vous après la représentation avec deux acteurs, au Hilton. C'est fou, ça ! Est-ce que vous vous imaginez la situation ? Qu'en pensez-vous, Véra ? Monsieur Thaler ? C'est vraiment fou, non ? Je dois m'en aller immédiatement. Vous comprenez, Véra ? Je ne vous fais pas un affront, n'est-ce pas ? J'espère que vous comprenez.

— Mais certainement, don José.

— Au revoir, et amusez-vous bien.

Et il disparut, brandissant sa pipe qui s'était de nouveau éteinte. Karl était tout abasourdi.

— Mais qui était-ce, celui-là ?

— M. Bach, alias don José.

— Et c'est votre chef de publicité, disiez-vous ?

Véra se mit à rire.

— Oui. Et vous ne me croirez pas, mais il est terriblement efficace.

— C'est impossible.

— Si, si, je vous assure ! Et sa réputation dépasse nos frontières. (Karl se tut et se contenta de hocher la tête. Il se demandait ce que pouvait bien être cette société...) A propos, il est à la recherche d'un dessinateur, ajouta Véra.

— Ah bon ?

— Mais il est très exigeant. Il faudrait que ce soit vraiment quelqu'un de très doué. En contrepartie, le salaire qui est proposé est plus qu'intéressant.

— Il n'y a pas beaucoup de bons dessinateurs publicitaires, je sais.

— Oui, j'imagine que vous ne l'ignorez pas. C'est un peu votre domaine, à vous qui êtes peintre, n'est-ce pas ?

— Bien sûr.

— Un bon peintre ne peut-il être aussi un excellent dessinateur ?

— Ce n'est pas obligatoire, mais cela arrive.

— Et qu'en est-il de vous ?

Karl eut la fâcheuse impression qu'on lui posait un couteau sur la gorge.

— Comment, moi ?

— N'êtes-vous pas un bon peintre ? Ou un bon dessinateur ?

Il la regarda, un peu troublé.

— Je commence à comprendre où vous voulez en venir.

— Et alors ?

— Qu'est-ce qui vous a donné cette idée ?

— Je ne sais pas, répondit Véra qui s'en étonnait elle-même. Mais ne trouvez-vous pas que l'apparition de M. Bach dans ce restaurant pourrait bien être un signe du destin ?

— Non.

— Ah bon ?

— Non, répéta Karl en secouant énergiquement la tête. Je suis peintre et il n'est pas question que je fasse autre chose.

La discussion en resta là. Véra changea de sujet, se disant que ce n'était pas très important, finalement. Après tout, ce n'était pas son affaire.

La conversation retrouva le ton qu'elle avait eu précédemment ; Karl lui imposa de nouveau son style en faisant régner l'humour et la jovialité, et Véra n'était pas en reste. Le temps passa à toute allure et Véra s'écria soudain en regardant par hasard sa montre :

— Grands dieux, savez-vous l'heure qu'il est ? Il est déjà minuit passé.

— Effectivement, admit-il, l'air étonné. J'ai l'impression que nous venons à peine d'arriver.

— Nous devons partir.

— Déjà ?

— Sinon je m'endormirai au bureau, demain.

— J'en serais ravi !

— Ne dites pas cela, il faut que je fasse mon travail.

— Je ne pensais pas à votre travail. Je pensais à l'éclat de vos yeux dont vos collègues ne pourraient pas profiter. Voilà pourquoi je disais que j'en serais ravi.

Véra tenta de ne pas trop montrer sa satisfaction.

— Karl !

— Oui ?

— A combien de filles avez-vous déjà dit la même chose ?

— A aucune !

— Menteur !

— Sincèrement, Véra. Et savez-vous pourquoi ?

— Je vous écoute.

— Parce que celles auxquelles j'ai eu affaire jusqu'à présent se divisent en deux groupes : ou bien elles avaient de très jolis yeux, mais ne travaillaient pas, ou bien elles travaillaient, mais n'avaient pas de jolis yeux. Vous comprenez ?

Véra répondit en riant qu'elle n'arrivait pas à s'imaginer une chose pareille. Car si tel avait été le cas, le monde du travail eût été bien triste en Allemagne. Et d'ailleurs la plupart des filles qui travaillaient avec elle étaient là pour prouver le contraire.

— N'êtes-vous pas de cet avis, Karl ?

— Bon, c'est vrai, concéda-t-il, celles que j'ai vues n'ont pas vraiment confirmé ma théorie. Cependant, aucune d'entre elles n'était en mesure de soutenir la comparaison avec vous, Véra.

— Karl ! (Mais Karl venait d'apercevoir la serveuse et lui faisait signe.) Karl, ne me faites pas ce genre de compliments ! (Il sortit son portefeuille et regarda la jeune femme qui s'approchait.) Karl, vous ne m'écoutez pas !

— Si, riposta-t-il assez sèchement.

— Qu'est-ce que j'ai dit ?

— Vous désirez ? demanda Gina.

Karl lui montra son portefeuille.

— L'addition, s'il vous plaît.

Gina aurait compris, même sans ce geste pour le moins explicite. Contre toute attente, l'opération se déroula très rapidement et sans le moindre incident. Si la langue allemande lui était encore étrangère, le mark, lui, n'avait plus de secrets pour elle. Tandis qu'elle rendait la monnaie, elle sentit le regard de Karl s'attarder sur elle.

Elle avait l'habitude. Parfois, elle s'offusquait d'un tel comportement, parfois non. Cela dépendait de qui regardait. En cet instant, elle n'éprouvait pas le moindre sentiment de désapprobation.

Quelqu'un l'appela à une autre table.

Lorsque Karl voulut se lever, Véra l'arrêta.

— Qu'est-ce que j'ai dit ?

— Que je ne devais plus vous faire de tels compliments.

— Exactement.

— Et pourquoi ?

— Parce que j'y suis très sensible quand j'ai l'impression qu'ils sont sincères.

— Et ils le sont.

— Vous voyez, et c'est là le danger qui me guette. Je ne suis qu'une faible femme, vous savez, et je fais en sorte qu'on ne puisse pas me le reprocher trop souvent. Vous, en particulier.

— Moi ?

— Oui.

— Je vous suis donc si antipathique que cela ?

— Tout au contraire, justement.

Ils se regardèrent.

J'aurais pu lui dire exactement la même chose, car c'est tout aussi vrai pour moi, pensa Karl.

Sans transition, Véra prononça le nom de celui qui avait été présent tout au long de la soirée.

— Vous avez des yeux très différents de ceux d'Albert.

C'est vrai, il ne faudrait pas l'oublier, celui-là ! songea Karl.

Puis ils se levèrent.

Selon une vieille habitude, Véra regarda une dernière fois la table avant de partir.

— Nous n'avons rien oublié ?

Gina s'approcha d'eux.
— Vous reviendrez ? demanda-t-elle à Karl en rougissant.
— Sûrement, mon enfant.
— Moi pas être une enfant. Moi aussi peu enfant que vous, répondit Gina.
Etait-ce un reproche ? Etait-ce une promesse ?
Véra sembla avoir trouvé très rapidement la réponse à cette question.
— Vous savez, confia-t-elle à Karl en quittant le restaurant, je ne crois pas qu'elle cherche un baby-sitter, et ce n'est pas à moi qu'elle a demandé si j'allais revenir...
Il était déjà minuit et demi, mais les rues étaient encore animées et les voix des passants résonnaient, ce qui laissait supposer que la plupart d'entre eux, à cette heure, avaient largement étanché leur soif. Ils n'allaient pas toutefois jusqu'à tituber sur la chaussée. Il n'y avait d'ailleurs pour ainsi dire plus de circulation, à part les taxis qui faisaient des affaires à cette heure-là.
Le garage souterrain où Véra avait garé sa voiture n'était qu'à quelques minutes à pied de la *Taverne du Palais*. A mi-chemin, Véra proposa à Karl de le reconduire.
— Vous n'en ferez rien, répliqua-t-il. Vous avez encore du chemin à faire pour rentrer chez vous. Dépêchez-vous d'aller vous coucher. Moi, je rentre à pied. C'est déjà assez désagréable pour moi de ne pouvoir vous reconduire à Ottobrunn.
— Je vous dépose chez vous.
— Non.
— Si !
Chacun restait sur ses positions. Ils auraient pu s'épargner cette dispute, car lorsqu'ils arrivèrent au garage, ils durent constater qu'il était fermé.
Mais comment est-ce possible ? se demanda Véra.
Elle n'avait pas fait attention à un changement du règlement intérieur...
— Qu'est-ce que je vais faire maintenant ?

Karl proposa le métro et ils coururent à la station la plus proche, mais la dernière rame venait de partir.

— Que faire ? demanda de nouveau Véra.

— Surtout ne prenez pas un taxi.

— Je n'ai guère le choix !

— Vous allez payer une fortune. Pas question !

— Vous voyez une autre solution ? Aller dormir à l'hôtel ?

Il sourit.

— Oui.

— Mais cela me coûterait bien plus cher qu'un taxi !

— Cela ne vous coûtera rien du tout.

— C'est une plaisanterie ? Dans quel hôtel ?

— A l'hôtel Thaler.

— Non ! s'écria Véra spontanément.

— Pourquoi ?

— Quelle question ! Vous parlez de votre appartement ou de votre atelier, je suppose ?

— Pour moi, c'est la même chose.

— Encore pis ! Et, bien sûr, nous dormirions dans la même pièce ?

— Non.

— Ah bon ? Expliquez-moi cela !

— Je vous y conduis, je vous montre les lieux et je disparais.

— Ah oui ? Et vous, vous dormirez où ?

— Chez mon ami. Je vais le sortir du lit.

— Albert ?

— Oui.

— Et cela vous arrive souvent ?

— A moi ? Non. (Il sourit de nouveau.) D'habitude, les choses se passent autrement.

— C'est-à-dire ?

— C'est la première fois que je libère les lieux pour offrir l'hospitalité.

— Vous entendez par là que jusqu'à présent ce n'était pas la règle ?

— C'est cela.

— Et qu'est-ce qui me vaut ce traitement de faveur ? Vous avez l'intention de changer ?

— Moi ? Pas du tout, cela n'a rien à voir avec moi.

— Avec qui alors ?

— Avec vous !

Véra se tut.

Peut-on faire confiance à un homme comme lui ? s'interrogea-t-elle. Tout me prouve le contraire, et pourtant... (Il fallait le mettre à l'épreuve.) Et si c'était un piège ? Comment pourrais-je me tirer d'affaire ? Devrais-je le gifler ? Ou le menacer de tout dire à son ami ?

— A propos, Véra, il y a une autre possibilité.

— Laquelle ?

— Albert ! Vous pouvez passer la nuit à son domicile.

— Vous êtes sûr qu'il est chez lui ? Il est peut-être sorti lui aussi.

— Rien de plus facile à vérifier. Nous allons lui téléphoner.

Karl regarda autour de lui, à la recherche d'une cabine.

— Non, je ne veux pas, décréta Véra.

— Pourquoi ?

— S'il n'est pas chez lui, cela ne servirait à rien de toute façon, et s'il est là, nous le tirerons de son sommeil. Je préfère rentrer en taxi.

— Je vous ai déjà dit qu'il n'en était pas question.

Véra soupira profondément.

— Bien, allons chez vous.

Elle ne s'attendait à rien d'extraordinaire pour ce qui est de l'appartement ou de l'atelier — comme on voudra — de Karl Thaler. C'est pourquoi elle fut agréablement surprise lorsque Karl ouvrit la porte. Il alluma la lumière, fit un grand geste du bras et l'invita à entrer.

— Je vous en prie, très chère, après vous.

Nul spectacle chaotique ne s'offrit à ses yeux : pas de poussière sur les meubles, pas de vaisselle abandonnée dans l'évier, pas d'odeurs insoutenables. Bien sûr, il ne fallait pas être allergique à l'inévitable odeur de peinture qui règne dans un atelier d'artiste, mais Véra ne l'était pas. Ce qui ne signifie nullement qu'elle n'aurait pas préféré le doux parfum de quelques roses...

Appuyées contre les murs mansardés de l'appartement, on pouvait voir des toiles terminées et d'autres à l'état d'ébauche. Sur le seul mur vertical étaient accrochées deux toiles encadrées.

La kitchenette ne pouvait cacher qu'elle ne servait pas à préparer les dîners de réception.

Pendant que Karl disposait le divan pour son invitée et sortait des draps frais, Véra jeta un coup d'œil sur les toiles du maître. Elle lui trouva du talent, bien consciente cependant de ne pas être un expert en la matière.

— Voilà, annonça Karl au bout d'un moment. C'est prêt. Il y a du lait dans le frigo. C'est un très vieux frigo, mais il marche. Vous vous débrouillerez sans peine. De toute façon, vous ne risquez pas de vous perdre, si vous cherchez quelque chose. Faites vraiment comme chez vous, et demain matin, vous n'aurez qu'à tirer la porte, cela suffira. Vous voulez un réveil ? Prenez le mien, cela lui fera plaisir de reprendre un peu de service, parce que avec moi, cela lui est strictement interdit.

— Vous allez déjà partir ?

— Oui. A moins que vous n'ayez encore besoin de moi.

— Vous êtes fatigué.

— Moi, non. Mais vous, peut-être.

— Non, moi non plus. Nous pourrions prendre une tasse de thé ?

Le thé fut prêt en un instant et ils le burent tout aussi rapidement. Karl reposa sa tasse et se leva.

— Il se fait tard. Vous n'aurez pas peur, au moins, toute seule ?

Nous y voilà, pensa-t-elle. Nous entrons dans la dernière ligne droite.

— Ne vous inquiétez pas, je ne suis pas peureuse.

— Parfait. Il n'y aurait d'ailleurs aucune raison d'avoir peur. Il n'est jamais encore rien arrivé ici. Il n'y a même pas de souris dans cette maison ; le chat de la voisine s'en charge. Il est du reste plus souvent chez moi que chez elle.

— Le thé était excellent, Karl.

— J'en suis ravi.

— J'aimerais bien en reprendre un autre.

— Vraiment ?

— Oui, assura Véra qui ne put s'empêcher de rougir.

Mais la manœuvre ne lui fit pas gagner plus d'un quart d'heure. Sa tasse fut bientôt vide, et pour Karl, le sommeil de Véra avait pris dans l'intervalle un caractère d'urgence absolue. Il se leva si vivement qu'il faillit renverser son tabouret.

— Dormez bien — et vite, Véra, pour que cela en vaille encore la peine.

— Vous m'abandonnez ?

— Je suis impardonnable de ne pas l'avoir fait plus tôt.

— Vous allez chez Albert ?

— Oui, bien sûr.

— C'était bien la peine de m'amener ici !

Karl, qui s'était déjà dirigé vers la porte, s'arrêta.

— Que voulez-vous dire ?

— J'aurais pu en faire autant et le résultat aurait été le même.

— Je ne comprends pas. Bien sûr que vous auriez pu en faire autant, c'est même ce que je vous avais proposé, mais vous avez refusé, vous vous souvenez ?

— Je ne voulais pas le réveiller.

— Et vous ne l'avez effectivement pas réveillé. Vous pouvez avoir la conscience tranquille.

— Mais maintenant, c'est vous qui allez le faire.

— Oui, mais moi, je n'ai aucun problème de conscience.

Elle secoua la tête.

— C'est moi qui le réveillerai par personne interposée, cela ne change rien.

Il voulut sourire, puis il se ravisa et se rassit.

— Véra, vous n'allez tout de même pas me faire

croire que cela vous préoccupe vraiment à ce point. Vous craignez pour sa santé, si je le réveille ?

— Non, répondit-elle, se rapprochant ainsi un peu de la vérité.

— Qu'y a-t-il, alors ? insista-t-il en se penchant vers elle. Qu'est-ce qui se passe vraiment ?

— Je ne pensais pas que le problème se poserait de nouveau.

— Quel problème ?

— Albert.

— Mais où voulez-vous que j'aille ? Je ne vois pas d'autre solution.

— Ne soyez pas idiot, Karl ! Vous le faites exprès ?

— Non, je vous assure, je ne comprends pas votre problème.

— Je croyais que vous passeriez la nuit ici.

— Ici ? Mais puisque je vous ai dit...

Il s'arrêta. Pour le calmer, elle posa sa main sur la sienne, puis la retira lentement.

— Je vous prie de m'excuser, je suis confuse. Je ne sais comment faire pour que vous me pardonniez.

Quand elle vit l'expression de son visage, elle sut que c'était gagné.

— Véra, soupira-t-il, vous êtes vraiment une énigme pour moi ! Pourquoi êtes-vous venue jusqu'ici si vous n'aviez pas confiance en moi ?

— Dois-je vraiment vous l'avouer ? demanda-t-elle en retrouvant le sourire.

— Oui, c'est la moindre des choses.

— Je me fiais au pouvoir dissuasif des gifles que je vous aurais administrées.

— Vous avez la gifle facile ?

— Oui, très.

Karl se leva pour la énième fois.

— Dans ce cas, il vaut mieux, en effet, que je m'éloigne le plus rapidement possible. Bonne nuit.

— Karl !

— Oui ?

— Asseyez-vous.

Il resta debout.

— Pourquoi ?

— Je ne sais pas comment vous dire ça, Karl. Je préférerais que vous n'alliez pas chez Albert.

— Mais...

Il se rassit lentement.

— Voyez-vous, vous devriez lui expliquer la raison de votre arrivée intempestive chez lui...

— Oui. (Il haussa les épaules.) Et alors ?

— Ce serait très désagréable.

— Mais... protesta de nouveau Karl avant de se taire.

— Je ne voudrais pas qu'il apprenne que je suis venue chez vous. (Karl garda le silence.) Vous comprenez ?

— Tout ce qui me reste à faire, c'est de ne pas vous nommer, d'inventer une autre femme. Je n'en vois toutefois pas la raison.

— C'est ce que vous allez faire ?

— Cela me paraît la solution.

— Mais il sait parfaitement que vous deviez me voir ce soir.

Karl dut se rendre à l'évidence.

— C'est exact.

— Il y a une autre possibilité.

— Laquelle ?

— Vous pouvez rester ici.

Silence.

Puis, comme on pouvait s'y attendre, Karl voulut encore protester.

— Mais...

Il ne dit pas un mot de plus. Son visage, qui exprimait ses sentiments les plus intimes, aurait mérité qu'on en fasse un portrait. Véra ne lui laissa cependant guère de temps pour réfléchir.

— Vous pratiquez des sports aquatiques, que je sache ?

— Oui.

— Alors, vous avez certainement un matelas pneumatique.

— Oui.

— Allez le chercher et gonflez-le. Votre chevalet fera office de barrière de protection entre mon divan et votre matelas.

— Vous êtes sûre que c'est ce que vous voulez ?

— Allez ! Dépêchez-vous !

Quelques minutes plus tard, l'obscurité régnait enfin dans la pièce. Le calme était revenu, mais il serait faux de prétendre qu'il y régnait un silence absolu.

Karl et Véra ne dormaient pas. Ils s'écoutaient respirer l'un l'autre. Karl avait installé son matelas le long du mur, à quatre mètres environ du divan. Le chevalet était à sa place habituelle. Karl n'y avait pas touché.

Que vais-je faire s'il vient ? se demandait Véra. Dois-je me défendre ? Il est à peu près sûr qu'il va tenter sa chance, et alors, je n'aurai plus d'autre choix. De quoi aurais-je l'air, sinon ? En revanche... (Véra l'entendit bouger.) Nous y voilà ! Il veut me contraindre à prendre une décision. (Mais il ne vint pas. Il s'était simplement retourné de l'autre côté. Véra reprit le fil de ses pensées.) En revanche, il va croire que je suis folle, que j'ai cherché à l'attirer dans un piège. Et il faut bien dire que c'est l'impression que j'ai dû donner. Et maintenant, je n'ai plus d'autre choix que de lui prouver le contraire — et violemment, si nécessaire.

Elle changea de position à son tour. Karl l'entendit.

Que peut-elle bien faire ? s'interrogea-t-il. Veut-elle aller aux toilettes, ou bien... (Véra ne bougeait plus.) Il n'y a pas de ou bien...

Véra toussota, puis appela à voix basse :

— Karl !

— Oui ?

— Vous dormez ?

— Non.

— J'ai oublié de m'excuser.

— De quoi ?

— Je vais vous déranger demain matin. Je suis désolée.

— Cela ne fait rien. Ça me fera du bien de me lever un peu plus tôt, pour une fois.

— Je ne dois donc pas me faire de reproches ?

— Non.

— Bonne nuit, fit-elle pour la troisième ou la quatrième fois.

— Bonne nuit.

Le silence se fit de nouveau. La situation n'avait pas changé. Pourtant, les paupières commençaient à s'alourdir. La nature, brimée d'un côté, réclamait son tribut de l'autre.

C'est bien la dernière fois que je m'impose une chose pareille ! se dit Karl avant de s'endormir. C'est tout à fait intenable !

Et Véra, de son côté, s'endormit après s'être étonnée une dernière fois qu'il ait réussi à se maîtriser.

C'est incroyable, inouï ! Il mérite vraiment toute mon admiration. Je l'avais mal jugé. Ou bien est-ce que cela signifie qu'il ne me désire pas ? Ce serait nouveau pour moi !

Le jour s'était levé depuis longtemps, le soleil était haut dans le ciel lorsque Karl ouvrit les yeux. Il crut qu'il était le premier à se réveiller, mais fut rapidement convaincu de son erreur. Il jeta un coup d'œil sur le divan : il était vide.

— Véra ! cria-t-il.

Pas de réponse. Véra avait disparu. La seule trace qu'elle avait laissée était une feuille de papier, posée sur la table. Elle y avait inscrit au pinceau, en lettres rouges : MERCI.

Elle n'avait touché à rien dans le réfrigérateur.

Elle est repartie l'estomac vide. Je ne l'ai pas entendue. Je devais dormir comme une marmotte et elle a sans doute filé sur la pointe des pieds.

Il s'assit à la table et contempla la feuille de papier pendant un moment. Puis il fit une chose qui en disait long sur ce qu'il pensait. Il prit le pinceau que Véra avait utilisé et barra le mot MERCI.

Mais peut-être ne savait-il pas lui-même pourquoi il faisait cela. Peut-être n'était-ce qu'un jeu sans importance.

Ernest Becker réagit sans attendre à la lettre de l'avocat Albert Max. Il l'appela de Regensbourg. A ses yeux, cet homme était complètement fou.

— Dites-moi, maître, commença-t-il, qu'est-ce qui vous prend ? Comment pouvez-vous écrire une lettre pareille ?

— Qu'est-ce qui m'en empêche ?

— Savez-vous qu'il n'y a pas un mot de vrai dans ce que vous écrivez ?

— Ah bon ?

— Pas un mot !

— Dans ce cas, j'aurais commis une erreur.

— Exactement. Et c'est la raison pour laquelle j'attends des excuses.

— De ma part ?

— De qui voulez-vous que ce soit ?

— Mais de la part de ma cliente !

— Je ne lui adresse plus la parole.

— Mais c'est elle qui m'a dit tout ce que j'ai écrit dans cette lettre. C'est elle qui affirme tout cela.

— Ce sont des histoires de bonne femme.

— Les tribunaux en décideront.

Il y eut une petite pause.

— Comment ça, les tribunaux ?

— Ma cliente maintient ses accusations contre vous et nous allons droit à un procès.

— Mais c'est ridicule !

— Ridicule ?

— Absolument ! C'est ridicule. Vous n'allez tout de même pas croire que je vais perdre mon temps devant les tribunaux ! Tout le monde sait comment cela se passe. J'ai mieux à faire.

— Ma cliente aussi.

— Ne me reparlez pas de celle-là ! Vous savez ce que je lui dis, à votre cliente ?

— Je m'en doute, mais j'ai une autre question à vous poser.

— Laquelle ?

— Qu'en est-il des factures que votre société menace d'envoyer à ma cliente ?

— Quelles factures ?

— Ah ! Vous n'êtes pas au courant ?

— Pas le moins du monde.

— C'est intéressant. Dans ce cas, nous nous trouvons devant une situation toute différente. Vous voulez dire qu'il ne pèse aucune menace de ce genre sur ma cliente ?

— Combien de fois devrai-je vous demander de ne plus me reparler d'elle ? Je n'ai rien à voir avec ses élucubrations.

— Venons-en au fait, monsieur Becker. Vous parlez d' « élucubrations ». Est-ce que vous entendez par là que vous n'avez pas eu cette conversation avec elle ?

— Pas en ces termes !

— Bien, je comprends. Vous ne lui avez fait aucune proposition indécente ?

— Maître ! Je suis marié !

— Monsieur Becker, voilà un argument fort convaincant et je suis prêt à vous croire. Et je suis prêt à croire également que vous n'avez esquissé aucune menace. Puisque vous ne lui demandiez rien, vous ne pouvez l'avoir menacée.

— C'est exactement cela, maître.

— Dans ce cas, je propose que les deux parties passent l'éponge sur tout cela.

— D'accord.

— Je dis bien sur *tout,* monsieur Becker !

— Evidemment, sur tout ! A quoi faites-vous allusion ?

— Aux factures.

— Quelles factures ?

Me Max se contenta de cette réponse.

— Bien, dit-il, nous sommes donc d'accord et je pense que nous n'aurons plus l'occasion d'en reparler, n'est-ce pas, monsieur Becker ?

— Au revoir, maître.
— Au revoir.
La conversation était terminée et tous deux raccrochèrent. Mais presque au même moment, le téléphone de Max se remit à sonner et la dame qui était au bout du fil ne semblait pas contente.
— Ce n'est pas facile de vous avoir, maître.
— A qui ai-je l'honneur ? demanda Max bien qu'il eût reconnu cette voix.
— Sonja Kronen.
— Bonjour ! Devinez avec qui j'étais en train de parler ?
— Je ne sais pas.
— Avec votre admirateur un peu turbulent.
— Avec Becker ?
— Il vient de m'appeler de Regensbourg.
— Justement, je vous téléphonais pour savoir ce que nous devions faire s'il ne réagissait pas à notre lettre. Je pense jour et nuit à cette épée de Damoclès suspendue au-dessus de ma tête.
— Ah ! si seulement j'étais cette épée de Damoclès !
— Pardon ?
— Vous penseriez alors à moi jour et nuit !
Sonja n'apprécia pas du tout cette forme d'humour.
— Vous êtes bien gai, aujourd'hui, dit-elle sur un ton de reproche. Je n'ai guère l'esprit à cela.
— Est-ce que vous croulez déjà sous les factures ?
— Dans mes cauchemars, oui.
— Oubliez tout cela.
Il y eut quelques instants de silence.
— Vraiment ? demanda Sonja en hésitant.
— Vraiment.
— Et je peux en être tout à fait sûre ?
— A cent pour cent, mademoiselle Kronen !
Sonja laissa alors éclater sa joie.
— Maître ! Mais c'est fantastique !
— Nous sommes parvenus à le réduire au silence, déclara-t-il avec un accent de fierté dans la voix. Cela ne pouvait pas faire de mal de battre un peu la caisse.

— C'est *vous* qui l'avez réduit au silence, maître. Ah ! je vous embrasse ! Voilà un grand soula...

— Attendez un instant ! Qu'avez-vous dit ?

— Je disais que c'était pour moi un grand soulagement.

— Non, avant. Qu'est-ce que vous avez dit juste avant ?

— Avant ? Que c'était vous qui l'aviez réduit au silence.

— Non, entre les deux ! Qu'avez-vous dit entre ces deux phrases ?

— Que...

— Oui ?

— Que je vous embrassais.

— C'est bien ce que j'avais compris. Donc, vous m'embrassez. C'est un fait acquis. Et quand ?

— Est-ce que cela fait partie de vos honoraires ?

— Mais ce *sont* mes honoraires !

— Dans ce cas, je ne peux m'y soustraire. Il faut toujours payer ses dettes. A vous de décider du moment.

— Je suppose que vous serez d'accord avec moi pour ne pas laisser traîner cette affaire ?

— Ma mère me dit toujours que plus on attend pour croquer la pomme, plus elle est acide.

— Elle a parfaitement raison.

— Quand voulez-vous, alors ?

— Le mieux serait aujourd'hui même, si c'est possible pour vous.

— Bon, accepta Sonja en poussant un petit soupir qui désappointa Albert. Mais pas avant la fermeture du magasin, et en présence de témoins !

— De témoins ?

— Je viendrai avec Véra...

Albert n'était plus désappointé, il était abattu.

— Nous viendrons vous prendre à l'étude, si vous êtes d'accord.

— D'accord. Mais pourquoi ne viendrais-je pas vous chercher au magasin ?

— Non, non, vous venez pour encaisser vos honoraires et je ne veux pas que cela se fasse devant ma vendeuse.

— Mademoiselle Kronen...

— Maître, nous pourrions aussi passer prendre votre ami.

— Karl Thaler ?

— Oui. Avertissez-le. Nous nous retrouverons chez vous et nous irons faire un tour ensuite. Ce sera une bonne occasion pour l'équipage du bateau de se rencontrer et de faire connaissance.

Comme il n'y avait aucune raison valable de refuser cette proposition, Max fut contraint d'accepter. Ils se mirent d'accord, et c'est ainsi que le soir même, vers sept heures, à la *Taverne du Palais,* Gina eut l'occasion de demander à Karl s'il voulait manger du potage aux knödels, cette fois-ci.

— Aujourd'hui, oui, affirma-t-elle en souriant de toutes ses dents. Mais vous ne voulez pas manger du potage à quoi ? Moi parlé avec cuisinier, et lui me dire que lui préparer potage à quoi pour vous si vous revenir et en vouloir. Aujourd'hui vous en vouloir peut-être ?

— Qu'est-ce qu'elle raconte ? demandèrent Albert et Sonja d'une seule voix.

Véra et Karl se mirent à rire et narrèrent ce qui s'était passé avec la jeune Italienne. Lorsque Gina se rendit compte qu'on se payait sa tête, elle se vexa et n'hésita pas à réagir.

— Moi parler mal allemand. Vous parler mal italien. Mais moi bientôt parler mieux allemand, et vous parler toujours mal italien. Grosse différence entre vous et moi !

— Elle a raison, admit Karl spontanément en la suivant du regard.

Elle se dirigea vers une autre table, la tête haute, heureuse d'avoir montré qu'elle aussi était capable de se défendre.

Ah, vous le prenez comme ça ? Il ne vous reste plus qu'à vous armer de patience ! semblait-elle penser.

La réaction d'Albert fut toute différente.

— Qu'elle nous apporte notre potage aux knödels sans prendre ses grands airs, ou nous la renvoyons chez elle !

Sonja approuva de la tête.

Véra, en revanche, n'approuvait pas. Elle était en l'occurrence du côté de Karl. Mais pour le reste, il ne pouvait y avoir aucun doute sur les attirances qu'ils éprouvaient tous les quatre : Véra se sentait des affinités avec Albert, Sonja avec Karl, et vice versa. C'est d'ailleurs ce que montrait nettement la façon dont ils s'étaient placés à table. La stratégie élaborée au départ par les deux hommes, et dont les deux jeunes filles ignoraient tout, était encore d'actualité.

Il se produisit cependant un phénomène curieux. Sonja avait en effet averti son amie qu'elle avait l'intention de lui ravir Albert, et maintenant elle semblait flirter avec Karl et abandonner Albert à Véra. Qu'est-ce que cela signifiait ? Avait-elle changé d'avis ? Ou bien était-elle en train de mettre en œuvre la stratégie que le vieil Augustin avait conseillée à Albert Max, une stratégie selon laquelle, en amour, un détour est souvent le chemin le plus court pour atteindre son but ? Qui sait ?

On ne peut pas dire que Karl Thaler souffrait d'avoir en face de lui une fille aussi belle que Sonja. Il faisait feu de tout bois, ce que d'ailleurs n'appréciait pas du tout Albert. Mais celui-ci ne pouvait s'en prendre qu'à lui-même.

Il y eut aussi une autre chose assez étonnante ce soir-là : Véra n'était pas insensible au petit jeu qu'elle voyait se dérouler entre Karl et Sonja, et elle ne comprenait pas bien pourquoi elle réagissait ainsi.

— Nous nous connaissons déjà, avait déclaré Sonja à Karl lorsqu'ils s'étaient rencontrés à l'étude d'Albert. Mais quand vous êtes venu chercher Véra l'autre jour au magasin, je n'aurais jamais pensé que nous aurions l'occasion de nous revoir si rapidement. Savez-vous ce que j'ai immédiatement remarqué, ce soir ?

— Non.
— L'absence des chaussures de sport.
— Je suppose que ce fut une bonne surprise, observa Karl en souriant.
— Au contraire, elles me plaisaient bien.
Karl ne la quittait pas des yeux.
— Ah bon ?
— Oui...
Véra était révoltée.
Cette garce ment, pensa-t-elle. Pourquoi ? Je sais parfaitement qu'elle ment, je connais ses goûts.
— Karl, fit Albert tout à coup, vous nous avez raconté tout à l'heure ce qui est arrivé avec l'Italienne, mais je ne sais toujours pas combien de temps vous avez passé à vous amuser ici...
— Nous sommes restés jusqu'à minuit.
— Et ensuite ? Etes-vous rentrés ou êtes-vous allés échouer ailleurs ?
Karl regarda Véra.
— Vous avez entendu, demanda-t-il à Véra, il veut savoir si nous avons échoué ailleurs...
— Non, répondit-elle en souriant à Albert, ce ne fut pas le cas. M. Thaler m'a reconduite au parking et nous nous sommes quittés là. (Son regard limpide se tourna vers Karl.) N'est-ce pas, Karl ?
— Absolument. Moi, malheureusement, j'ai raté le dernier métro.
— Vous n'aviez qu'à rentrer plus tôt, remarqua Albert. Il n'empêche, tu aurais tout de même pu le raccompagner chez lui, Véra.
— Ce sera pour la prochaine fois, Albert.
Gina apporta enfin le plat de résistance. Il n'était que temps !... Excédé, Albert décida de ne pas lui laisser le moindre pourboire.
— Ou peut-être juste les dix lires qui doivent traîner dans une de mes poches. Qu'est-ce que ça représente, dix lires ? De toute façon, ajouta-t-il avec un geste plein de mépris, c'est dérisoire. Quand je pense à cette racaille, avec sa monnaie de merde — excusez l'expres-

sion, mesdames —, quand je pense à tout ce qui se passe là-bas, le terrorisme, la corruption, les grèves...

Il fit de nouveau un geste qui traduisait le dédain qu'il éprouvait.

Sonja acquiesça, Véra ne réagit pas.

— Moi, je vois les choses un peu autrement, énonça Karl.

— Qu'est-ce que tu vois autrement ? Le terrorisme, la corruption, les grèves, peut-être ?

— Si tu le prends comme ça, je te demande ce que tu dis de leur peinture, de leur sculpture, de leur architecture, de leur musique ? Que fais-tu de leur culture ? Léonard de Vinci, Raphaël, le merveilleux Michel-Ange, Palladio, Verdi ?

— N'oublie pas Néron. Lui aussi était un artiste. Il jouait de la lyre et écrivait des poèmes, à ce qu'on prétend...

Karl ne répondit pas, Albert s'arrêta là lui aussi.

C'est inutile de continuer, pensa Karl, l'artiste chéri des muses.

Il en allait de même de Max, cet ignare parmi tant d'autres, sans qui, cependant, les civilisations n'existeraient pas non plus.

— Est-ce qu'il faut appeler cela une querelle ? s'enquit Sonja.

Les deux compères firent signe que non. Ils expliquèrent à leurs amies qu'il leur arrivait périodiquement de se quereller sur ce sujet et sur d'autres, mais que cela ne nuisait en rien à leur amitié, car c'était une amitié de marins, indestructible.

— Précisément, demanda Véra, quand irons-nous faire de la voile ?

Albert proposa le samedi suivant. Véra et Karl se regardèrent.

— Mais il faut que nous nous équipions toutes les deux, dit Sonja à Véra. Où trouverons-nous les vêtements et accessoires nécessaires ?

Albert et Karl se regardèrent à leur tour.

— Il faudra que l'un de nous vous accompagne, proposa Karl.

— Toi, décréta Albert. Tu as plus de temps que moi.

Comme il n'y avait rien à redire à cela, Karl s'adressa de nouveau aux deux jeunes femmes.

— Il n'y aura probablement pas grand-chose à acheter. Vous avez certainement un pull, un bonnet, un jean…

— L'essentiel, l'interrompit Sonja, me paraît être une bouée de sauvetage !

Albert et Karl rirent de bon cœur.

— Une bouée ne servirait que si nous allions sur l'océan !

— On peut tout aussi bien se noyer sur le lac de Starnberg, assura Sonja.

Elle avait l'air si sérieux en disant cela que Karl et Albert cessèrent de rire. Mais ils ne se doutaient pas de ce qui les attendait.

C'est Véra qui, la première, eut un doute terrible.

— Tu ne vas pas nous dire que tu ne sais pas nager ? Tu ne m'en as jamais soufflé mot.

— Non ! Non ! s'écrièrent Karl et Albert d'une seule voix.

Ils voulaient montrer ainsi qu'ils tenaient pour tout à fait invraisemblable l'hypothèse que Véra venait d'avancer.

— Véra, déclara Sonja, nous nous connaissons depuis plus de quatre ans et je suis sûre qu'il y a encore des tas de choses que j'ignore à ton sujet, parce que tu ne m'en as pas parlé.

Karl fut le premier à se ressaisir.

— Je vais vous donner des cours de natation.

— Je peux en faire autant, déclara Albert qui ne voulait pas être en reste.

Tout le monde s'accorda pour reconnaître que des cours de natation étaient une priorité absolue. Sonja choisit Karl comme professeur.

— Car vous, vous devez vous occuper de Véra, dit-elle à Albert. Il ne faut pas vous disperser.

Cette affirmation perturba sérieusement le reste de la soirée. Mais Albert n'avait pas perdu tout espoir.

— Ne deviez-vous pas m'embrasser, Sonja ? Il me semble que c'était la raison de notre petite réunion de ce soir.

— Pas ici, tout de même ! répondit-elle. Il fallait le faire à l'étude.

— Et pourquoi n'en a-t-il pas été ainsi ?

— Parce que vous n'en avez pas pris l'initiative.

Albert répliqua à ce reproche en répondant sur un ton sarcastique :

— Tiens, tiens, alors c'est moi qui suis responsable de cet échec ?

— Vous me devez encore autre chose, ajouta Sonja.

— Quoi d'autre ?

— Vous ne m'avez toujours pas dit comment vous vous y étiez pris pour vous débarrasser de Becker.

— Je vous ai dit que vous n'entendriez plus jamais parler de lui.

— Comment a-t-il réagi ?

— Je préfère ne pas vous l'apprendre, Sonja. Il paraît que vous relevez d'un psychiatre, que vous avez des hallucinations. Selon lui, il n'a pas dit un mot de ce dont vous l'accusez.

— Ça, c'est un peu fort !

Albert prit de grands airs.

— Oubliez ce minus ! Il est mal tombé avec moi.

Sonja hésita un instant, puis elle se pencha vers lui et l'embrassa furtivement sur la joue. Il eut encore droit à une autre bise, un peu moins furtive celle-là.

— Où suis-je ? demanda-t-il en faisant mine d'être troublé. A mon étude ? Chez moi ?

Sonja lui fit même un troisième baiser, mais ce fut le dernier. Albert en éprouva un certain dépit — lequel se traduisit à la fin de la soirée par un refus catégorique de rentrer avec Véra. Celle-ci s'empressa alors de demander à Sonja si elle pouvait dormir chez elle, ce qui était évident. Et à sa grande surprise, Véra se rendit compte que sa déception n'était pas aussi vive qu'elle aurait pu l'imaginer.

Les quatre compères se rencontrèrent fréquemment dans les semaines qui suivirent. Ils allaient souvent au bord de l'eau, car Sonja devait apprendre à nager. Mais elle ne semblait pas très douée pour cela. Karl, qui l'avait prise en charge, n'en était guère étonné. Il faut apprendre à nager quand on est enfant. Adulte, on a plus de difficultés. Il en va de même pour le vélo : on apprend jeune ou jamais.

Les leçons de natation de Sonja devaient avoir lieu en des endroits peu fréquentés, car elle n'avait pas la moindre envie d'être la risée de tout le monde. Mais ce n'était pas très facile de trouver des lieux isolés. Il y a beaucoup de lacs autour de Munich, mais il y a aussi beaucoup de gens qui apprécient leur pittoresque.

Il arrivait donc souvent qu'ils cherchent — sans le trouver — un endroit qui convînt à Sonja. Au fil des week-ends, ils passèrent en revue bon nombre de lacs célèbres et durent se rendre à l'évidence que seuls les jours de pluie eussent pu garantir solitude et discrétion. Seulement voilà, quand il pleuvait, nos quatre compères restaient chez eux.

L'été ne dure pas éternellement et lorsque apparurent les premiers signes de l'automne, Karl toucha le fond du désespoir.

— Elle n'apprendra jamais, confia-t-il à Albert au téléphone.

— Tu n'as qu'à le lui dire, répondit assez sèchement son ami.

— Pourquoi moi ? Tu n'as qu'à le faire, toi.

— Je ne suis pas le maître nageur. C'est toi qui as insisté pour l'être.

— Ce n'est pas vrai, c'est elle qui m'a choisi.

— Et toi, tu ne perds pas une occasion pour lui faire la cour.

— Ah ! Voilà d'où vient le vent... Mais c'est bien toi pourtant qui m'as demandé de te rendre ce service, non ?

— Ce n'est pas une raison pour aller trop loin.

— Et toi, qu'est-ce que tu fais avec Véra ? Regarde-toi un peu dans une glace avant de critiquer les autres...

— Tu es fou ou quoi ? Moi et Véra ? Elle ne m'intéresse pas le moins du monde.

— Dans ce cas, laisse-la tranquille.

— Tiens, tiens, remarqua Albert à son tour, voilà d'où vient le vent. (Puis il se mit à rire.) Karl, nous sommes vraiment des imbéciles.

— Je sais ça depuis longtemps.

— Toi, tu t'accroches à Sonja. Et pourquoi ? Pour rendre Véra jalouse.

— Et toi, tu fais exactement la même chose avec Véra pour atteindre le même but avec Sonja.

— C'est complètement idiot.

— Mais c'était ton plan !

— C'est vrai, je l'admets, mais il ne marche pas, ou plus exactement, il marche mal. Ce ne sont pas Véra et Sonja qui deviennent jalouses l'une de l'autre, mais nous deux. Que dis-tu de cela ?

Karl soupira.

— J'appelle cela un coup raté.

— Ce qui m'étonne, c'est que tu m'as l'air de t'être pris au jeu. Ce n'était pas prévu au programme.

— Effectivement.

— Et cela fait longtemps ?

— Hélas ! Cela a commencé dès notre première soirée à la *Taverne du Palais*.

Albert soupira au bout d'un moment.

— Karl, nous sommes dans de beaux draps. Nous avons fait tous les deux la même erreur.

— Pas exactement, Albert. Il me semble qu'il y a une différence notable entre toi et moi.

— Laquelle ?

— Toi, tu as fait l'amour avec Véra, tandis que moi, je ne l'ai pas fait avec Sonja.

— Mais, Karl, je ne pouvais pas savoir à l'époque que tu pourrais m'en vouloir un jour pour cela.

— Maintenant tu le sais.

— Et qu'allons-nous faire à présent ?

— Nous n'avons qu'à faire un échange de bons procédés. Dorénavant, je vais m'occuper de Véra, et toi de Sonja. Elle apprendra tout aussi bien à nager avec toi.

— Ne raconte donc pas de bêtises ! Tu assures toi-même qu'elle n'y arrivera jamais. Même Véra n'en parle plus.

— Et dire que nous y avons passé tous nos week-ends, alors que Véra aurait pu poser pour moi pendant ce temps-là !

— C'est vrai, c'était ton intention, je m'en souviens.

— Sais-tu ce que j'ai envie de faire ?

— Dis-moi.

— Je vais essayer d'avoir un rendez-vous avec Véra aujourd'hui ou demain.

— Et moi avec Sonja.

— Au fait, je ne peux pas, réfléchit Karl. Aujourd'hui, c'est mercredi : je vais voir le match de football au stade olympique. Et demain, j'ai déjà rendez-vous avec Sonja, précisément.

— Ah bon ?

— Oui, elle veut offrir une gravure à un parent et je dois l'aider à choisir.

— C'est bizarre, parce que moi aussi j'ai rendez-vous demain avec Véra. Elle veut changer de dentiste et je dois l'emmener voir le Dr Martin. D'ailleurs, c'est aussi ton dentiste.

Karl eut alors une idée de génie.

— Voilà l'occasion rêvée ! C'est moi qui vais l'emmener chez le dentiste et toi qui accompagneras Sonja chez Klopfer.

— Qui est Klopfer ?

— C'est un jeune marchand de tableaux, spécialiste en gravures.

— Mais je ne m'y connais pas du tout en gravures.

— Tu lui diras que tu es un de mes amis et tu verras, tout ira bien.

— Et comment allons-nous expliquer ce revirement à ces dames ?

— C'est très simple : nous leur téléphonerons chacun de notre côté juste avant l'heure du rendez-vous en invoquant un empêchement de dernière minute, et nous leur dirons que nous leur envoyons l'autre en remplacement.

— Tu crois qu'elles vont marcher ?

— Pourquoi pas ? répondit Karl avec l'insouciance de l'artiste qui ne veut pas se laisser gagner par un scepticisme inutile.

C'est une aptitude dont les peintres ont grand besoin, sans quoi bien des œuvres modernes ne verraient pas le jour.

Sonja et Véra étaient assises dans leur salon de thé favori de la Leopoldstrasse et mangeaient une glace. C'est Sonja qui avait eu l'idée de cette rencontre.

— Il faut que je te parle, avait-elle déclaré au téléphone. Tu as un moment de libre ?

— Oui, mais qu'est-ce qu'il y a de si urgent ?

— Tu verras.

— Bon. D'accord. Où et quand ?

Elles étaient donc assises là toutes deux et savouraient leur glace. Leur présence ne passait pas inaperçue. En ce quartier de Schwabing, une fille ne se fait remarquer que si elle n'est pas jolie. Ici, les jolies filles disparaissent littéralement dans la masse. Il faut vraiment qu'elles soient d'une beauté exceptionnelle pour attirer les regards. C'était précisément le cas de Sonja et de Véra.

Dans cette rue, il y a une foule d'étudiants, car le plus grand ensemble universitaire d'Allemagne est à deux pas. Il en fallait vraiment beaucoup à ces étudiants pour qu'ils écarquillent les yeux. Mais avec Sonja et Véra il y avait de quoi.

A la table voisine se trouvaient deux futurs médecins qui, jusqu'à l'arrivée des jeunes femmes, s'étaient entretenus de problèmes auxquels s'intéresse l'ensemble du corps étudiant, quelle que soit sa spécialité : les problèmes sexuels.

— Mon vieux, avait dit l'un, il faut que je me ménage un peu aujourd'hui. Hier, j'ai vu Karin en fin d'après-midi, et Lisbeth le soir. Et demain, Véronika et Henriette reviennent de Fribourg !

— Henriette, observa l'autre, ne me fait plus aucun effet.

— Et Véronika ?

— Non plus.

— Alors, il faut que tu te précipites chez ton médecin...

Ils se turent et méditèrent chacun de leur côté. Ce n'est que lorsque Véra entra dans le salon de thé qu'ils sortirent de leur torpeur.

— Celle-là, décréta l'un d'eux en baissant la voix, pourrait bien me faire oublier mes vœux de chasteté pour aujourd'hui...

— Et que dis-tu de celle-ci ? demanda l'autre dans un souffle en voyant arriver Sonja.

— Bon sang !

— Et cela t'étonne encore qu'Henriette et Véronika ne nous fassent plus le moindre effet ?

— Bon sang ! répéta l'autre.

Véra et Sonja venaient de commander, et nos deux compères essayèrent désespérément d'attirer ne fût-ce qu'un seul regard. Sans succès. Du coup, les deux sœurs de Fribourg, dont les actions étaient tombées bien bas, remontèrent un peu.

Véra et Sonja avaient une foule de choses à se dire.

— Tu sais, Véra, je ne suis pas du genre à ne pas savoir ce que je veux.

— J'en suis persuadée depuis longtemps.

— J'abandonne.

Véra sursauta.

— Quoi ? Déjà ? Tu fermes boutique ? Je croyais que le problème Becker était réglé.

— Il ne s'agit pas de cela.

— Mais de quoi alors ?

— De nos relations avec Albert et Karl.
— Comment cela ? fit Véra après un moment d'hésitation. Qu'est-ce que tu veux dire ?
— Je me retire. Je ne veux plus les voir.
— Mais pourquoi ? Que s'est-il passé ?
— Et je voudrais que tu le leur fasses savoir. Voilà pourquoi je t'ai demandé de venir.
— Réponds-moi ! Qu'est-ce qui s'est passé ?
Sonja baissa les yeux. Elle regarda ses mains qui s'agitaient nerveusement. Puis elle releva la tête et regarda Véra droit dans les yeux.
— Je suis amoureuse, annonça-t-elle doucement.
— De Karl ?
Pour Véra, il n'y avait pas d'autre possibilité.
— Non, d'Albert.
— Mais...
— Je sais ce que tu vas me dire. On pouvait avoir l'impression tous ces temps-ci que je n'avais d'yeux que pour Karl...
— Et ce n'était pas le cas ?
— Si, mais j'ai mis du temps avant de me rendre compte moi-même que ce n'était qu'une comédie. Tu te souviens des bêtises que je m'étais mises en tête ?
— Quelles bêtises ?
— Je voulais te chiper Albert.
— C'est vrai mais, quand j'ai vu que tu n'avais plus d'yeux que pour Karl, j'ai pensé que tu avais changé d'avis.
— Absolument pas. Pour moi, Karl n'était qu'un moyen pour arriver à mes fins. Il devait me servir à...
Elle se tut. Elle avait honte, même vis-à-vis de son amie, de sa confidence. Mais Véra ne lâchait pas prise.
— Voilà une tactique curieuse, remarqua-t-elle. Tu croyais vraiment y parvenir de cette façon ?
— Oui, répliqua Sonja, la voix un peu tremblante.
— Et ensuite s'est produit ce que tu n'avais pas prévu.
— Oui.
— Au lieu que ce soit Albert qui s'enflamme pour

toi, c'est toi qui es tombée amoureuse de lui. (Sonja ne disait plus mot.) Et maintenant, tu veux jeter le manche après la cognée ? (Sonja, qui regardait de nouveau ses doigts crispés, acquiesça.) Ne fais pas de bêtises, Sonja.

Sonja ouvrit de grands yeux.

— Pardon ?

— Ne fais pas de bêtises. Tu pourrais t'en mordre les doigts.

— Véra, déclara Sonja en avalant sa salive, te rends-tu compte de ce que tu es en train de me dire ?

Véra hocha la tête à son tour.

— Je te dis que tu aurais tort d'abandonner Albert. A ta place, en tout cas, je n'en ferais rien.

— Mais, Véra, Albert est *ton* amant !

— Oui, il l'était avant que tu ne te mettes en tête de me le reprendre.

Véra venait de toucher le point sensible.

— Tu as raison de me le reprocher, Véra, jeta-t-elle amèrement. Je ne sais pas moi-même comment j'ai pu avoir cette idée saugrenue. Pardonne-moi.

— Tu le regrettes ?

— Terriblement.

— Il n'y a aucune raison.

Sonja écarquilla les yeux de surprise.

— Je ne te comprends pas, Véra. Est-ce que je ne devrais pas le regretter, par hasard ?

— Plus maintenant.

— Et pourquoi ?

Véra ne répondit pas tout de suite et proposa à Sonja de reprendre une glace ou de boire un café. Elles optèrent finalement pour un cappuccino. Puis la conversation reprit avec, d'entrée de jeu, une surprise de taille.

— Tu me demandais pourquoi, Sonja. Tout simplement parce que je te le laisse.

Sonja n'en croyait pas ses oreilles.

— Véra ! Qu'est-ce que cela signifie ?

Véra éclata d'un rire joyeux.

— Il s'est produit pour moi le même incident de parcours que pour toi. Je suis tombée amoureuse.

— Mais tu étais amoureuse depuis le début !
— D'Albert, tu veux dire ?
— Oui, bien sûr.
— C'est vrai, mais entre-temps, c'est de Karl que je suis tombée amoureuse.
— Véra !
— Amoureuse à en mourir !
— C'est vrai ?
— Amoureuse comme jamais je ne l'ai été de ma vie !
— Tu me rends folle, Véra. Tout cela voudrait dire alors que je n'ai plus besoin de battre en retraite ?
— C'est bien ce que je te disais tout à l'heure. Et maintenant tu vas passer franchement à l'offensive, les yeux dans les yeux, la bouche sur la bouche... Et de mon côté, j'en ferai de même avec Karl.
— Et tu crois qu'ils seront d'accord ?
— Ils n'ont pas le choix ! (C'était Véra toute crachée. Elle ajouta malicieusement :) Les femmes s'y connaissent beaucoup mieux en amour, quand c'est l'amour vrai. Tout dépend donc de nous.

La suite de la conversation fut beaucoup plus décontractée. Véra, très excitée, déclara même que Sonja n'avait fait que la devancer. Si Sonja ne l'avait pas appelée ce soir-là, Véra aurait pris cette initiative le lendemain ou le surlendemain, histoire de forcer un peu le destin.

— De toute façon, je me serais retirée, Sonja. J'avais déjà pris cette décision.
— Tu croyais vraiment que pour moi c'était sérieux avec Karl ?
— Je n'avais guère le choix. Tu aurais dû te voir quand tu étais avec lui...
— J'étais donc parfaitement crédible ? dit Sonja en riant.
— Oui, tout à fait, au point que, parfois, je t'aurais volontiers arraché les yeux de jalousie !
— Moi aussi !

Véra poussa un soupir de satisfaction avant d'expliquer que tout cela était bien fini maintenant, Dieu merci ! Karl n'était pas seulement plus beau qu'Albert, mais il lui convenait beaucoup mieux, de par son caractère, ses idées, bref, il était parfait pour elle. Elle avait acquis cette certitude au cours des dernières semaines. Il n'y avait qu'un seul point noir qu'il faudrait régler : le problème de son mode de vie.

Sonja ne put que la contredire sur un point en affirmant que c'était Albert qui était indubitablement le plus séduisant. Mais tout le reste était exact, selon elle. Karl convenait beaucoup mieux à Véra et Albert était fait pour elle. Les événements de ces dernières semaines n'avaient fait que le confirmer.

Puis Sonja fit une pause. Elle regarda Véra en soupirant d'un air inquiet.

— Demain, j'ai rendez-vous avec Karl, annonça-t-elle. Je lui ai demandé de me conseiller pour l'achat d'une gravure.

— Et moi, je dois voir Albert, car je l'ai prié de m'emmener chez son dentiste. Le mien ne me convient plus. (La première à éclater de rire fut évidemment Véra.) Sais-tu à quoi je pense ? demanda-t-elle à Sonja qui riait à son tour.

— Je suppose que tu penses à la même chose que moi. Nous allons leur donner leur congé, chacune de notre côté. Et ni l'un ni l'autre ne s'en doute le moins du monde. C'est ça, non ? Ou est-ce que tu préfères attendre un peu ?

— Non, non, répondit Véra.

A les voir lorsqu'elles quittèrent le salon de thé, il était clair qu'une harmonie totale régnait entre elles. Elles se tenaient par le bras, se souriaient et se firent même des politesses à la sortie, car chacune voulait laisser passer l'autre.

Les deux étudiants en médecine qui les suivaient des yeux n'eurent plus l'ombre d'un doute.

— Maintenant, les choses sont claires, affirma l'un.

— Des lesbiennes, rétorqua l'autre.

— La nature est parfois cruelle...

Lorsque Me Max appela Véra Lang le lendemain vers dix-sept heures à son bureau, il craignait d'infliger un instant pénible à la jeune femme.

— Tu vas être déçue, Véra, commença-t-il.

Et il s'en fallut de peu qu'il ne dise : « Je vais te faire du mal. »

— Pourquoi, Albert ?

— Nous ne pourrons pas nous voir aujourd'hui.

— Ah bon ?

— J'ai dû accepter un rendez-vous avec un client très important, et je ne peux absolument pas le...

Véra lui coupa la parole :

— C'est un cas de force majeure, il n'y a qu'à s'incliner.

Visiblement, Véra n'était ni déçue ni contrariée et il se sentit blessé dans son amour-propre.

— Tu ne m'en veux pas ? demanda-t-il.

— De toute façon, je n'ai pas mal aux dents en ce moment. La visite peut bien attendre quelques jours.

— Non, non, tu iras tout de même chez le dentiste, s'empressa-t-il d'ajouter. Je n'ai pas oublié et je t'envoie un remplaçant.

— Qui donc ?

— Karl.

— Karl ! s'exclama Véra sans cacher sa joie.

— Il est au courant, tu peux compter sur lui. Il se débrouillera tout aussi bien que moi.

— Aussi bien que toi, oui, répondit Véra en écho.

J'espère bien, pensa-t-elle. Ou plutôt non : j'espère qu'avec lui les choses se passeront encore mieux.

Après ce coup de fil, Véra rendit visite à Johann Sebastian Bach dont le bureau se situait deux étages au-dessus du sien.

Le téléphone avait sonné au même moment chez Sonja. C'était Karl qui l'appelait. Depuis qu'il lui donnait des cours de natation, il la tutoyait.

— Sonja, je suis obligé de te faire faux bond.

— Ah !

— Oui. Il faut que j'aille chez le dentiste, c'est urgent.

— Hou ! la la !

— Tu comprends ?

— Tout à fait.

— Mais je n'ai pas oublié l'objet de notre rendez-vous.

— Les gravures ? Cela ne presse pas.

— Non, non, Sonja. Albert a proposé de me remplacer.

Sonja eut la même réaction que Véra.

— Albert ! s'écria-t-elle sans dissimuler le moins du monde sa satisfaction.

— Je trouve ça très sympa de sa part. (Normalement, Sonja aurait dû maintenant demander à Karl si Albert s'y connaissait en gravures. Il n'en fut rien.) D'ailleurs, c'est vraiment un garçon charmant, déclara-t-il.

— Est-ce que tu t'attends par hasard à ce que je te dise le contraire ?

— Et il t'apprécie beaucoup, tu sais.

— Ah oui ? Et comment le sais-tu ?

— Je le connais.

— Si c'est vrai, il ne me l'a pas trop montré jusqu'à présent.

— Parce que tu ne lui en as pas donné l'occasion, Sonja.

— Et que devient Véra dans tout ça ?

— Véra ? Voilà longtemps qu'elle ne compte plus beaucoup à ses yeux.

— Mais alors, mon cher Karl, je te repose la même question : comment se fait-il que tu sois si bien renseigné ?

— Je le connais bien, je te le répète.

Et Karl ne disait que la stricte vérité.

Pour finir, il lui conseilla de demander à pouvoir échanger la gravure, si besoin était.

Barthélemy Schmitt, le gardien de la société *Union*, reconnut immédiatement l'homme qui, une fois encore, faisait son apparition juste avant la fermeture des bureaux. Cette fois-ci, pourtant, il ne portait pas ses abominables chaussures de sport.

— C'est encore moi, annonça Karl, l'air jovial.

— Quoi ? Vous voulez voir Mlle Lang ? répondit-il en grommelant.

— Oui.

— Elle est au courant ?

— Oui, assura Karl en se dirigeant d'un pas ferme vers l'escalier.

— Arrêtez ! Il faut que vous attendiez ici. C'est Mlle Lang qui me l'a dit quand vous êtes venu la dernière fois.

— Voyez-vous ça ! riposta Karl qui n'en croyait pas un mot.

Il revint sur ses pas.

— Vous pouvez me croire, fit M. Schmitt dignement. J'ai reçu l'ordre d'avertir Mlle Lang de votre arrivée. C'est elle qui descendra.

Karl demeurait incrédule.

— Cela m'étonnerait beaucoup qu'elle vous ait dit une chose pareille.

M. Schmitt ne fit pas preuve d'un humour débordant.

— Que vous y croyiez ou non, c'est pareil, car...

La sonnerie du téléphone retentit. C'était Véra.

— Monsieur Schmitt, je vous avais dit il y a quelque temps de ne pas perdre de vue le jeune homme avec des chaussures de sport, au cas où il reviendrait. Il y a contrordre. Envoyez-le-moi directement. Je pense qu'il devrait arriver d'un moment à l'autre.

— Il est déjà là, répliqua le gardien, peu amène. Vous ne voulez donc pas qu'il attende ici ?

— Non, envoyez-le-moi, mais dites-lui qu'il se dépêche. Je l'attends.

Sinon, il va encore flirter avec toutes les filles de la maison, pensait-elle.

Peu après, Karl fit son apparition dans le bureau de Véra. Comme l'ascenseur n'en finissait pas d'arriver, il avait grimpé l'escalier quatre à quatre et était hors d'haleine lorsqu'il poussa la porte du bureau.

— Vos désirs sont des ordres, déclara-t-il. Votre gardien n'est guère aimable.

— Ah bon ?

— Non. Il aurait visiblement voulu me garder en otage.

Véra ne réagit pas.

— Vous haletez comme une vraie locomotive !

— L'ascenseur s'est fait attendre... et on vieillit.

Véra sourit et profita de l'occasion pour lui demander son âge.

— Vingt-neuf ans, et vous ?

Vingt-neuf, se dit-elle. J'aurais préféré qu'il ait quelques années de plus, puisque je vais en avoir vingt-sept.

— Je voulais vous remercier, dit-elle.

— De quoi ?

— D'avoir accepté de remplacer votre ami au pied levé. Je suppose que vous aviez mieux à faire.

— Non, j'avais bien quelque chose d'autre à faire, mais rien de mieux. Vous avez quel âge, alors ?

— Qu'est-ce que vous aviez à faire ?

Karl s'était décidé, avant même d'aller voir Véra, à jouer cartes sur table.

— J'avais rendez-vous avec votre amie.

— Avec Sonja ! s'écria Véra en faisant mine d'être étonnée.

— Oui.

Une seule réponse s'imposait :

— Et c'est ce que vous appelez rien de mieux ?

— Non, ce n'est pas ce que je voulais dire.

Il fallait analyser ce problème en profondeur.

— Vraiment pas ? insista Véra.

— Vraiment pas.

— Mais vous avez dû annuler votre rendez-vous ?

— Oui, effectivement.

— Et que lui avez-vous dit ?

— La vérité : que je devais aller chez le dentiste. Vrai, non ?

— Et avec qui ? Le lui avez-vous dit ?

— Non, ça je ne le lui ai pas dit.

Le cœur de Véra battait de plus en plus fort. Elle était toute troublée.

Comment vont évoluer les choses ? se demandait-elle. Peut-être n'iront-elles pas dans le sens que je souhaite. J'avais l'intention de l'attirer vers moi peu à peu, en l'espace de quelques semaines ou de quelques mois, pas à pas, et voilà qu'on dirait que... Non, ce n'est pas possible, je dois me tromper !

— Karl, excusez-moi, je ne comprends pas bien cette histoire.

— Qu'est-ce que vous ne comprenez pas ?

— Jusqu'à présent, vos préférences allaient de façon évidente à Sonja.

— Tout simplement parce que les vôtres allaient de façon tout aussi évidente à Albert. Je suppose malheureusement qu'il en est toujours ainsi. Quel âge avez-vous, Véra ?

— Et ce n'est plus le cas à présent ?

— Quoi ?

— Vos préférences ne vont plus à Sonja ?

— C'est ce que je vous répète depuis tout à l'heure.

— Karl... (Véra sentait son cœur battre à tout rompre.) Karl, je ne sais quoi dire...

— Moi, je sais ce que vous allez me dire, Véra. Vous allez me dire que vous êtes absolument désolée, que vous aimez Albert et pas moi. Mais peut-être vous trompez-vous, ce sont des choses qui arrivent. Ne croyez surtout pas que je cherche à vous influencer, ne vous méprenez pas sur mes intentions, Véra. Posez-lui vous-même la question et donnez-moi l'occasion de vous montrer qui je suis vraiment. Peut-être arriverai-je à vous convaincre.

Véra le regarda, incrédule.

— Que disiez-vous ? demanda-t-elle au bout d'un moment.

— Que j'arriverai peut-être à vous convaincre.

— Est-ce que je dois prendre cela pour une déclaration d'amour ?

— Evidemment ! Mais ne croyez pas que je veuille vous forcer la main. Je suis conscient qu'il vous faudra un certain temps avant que…

— Avant que vous n'arriviez à me convaincre, c'est ça ?

— Oui.

Elle le regarda de nouveau pendant quelques instants.

— Non.

Il hocha la tête tristement.

— C'est bien ce que je craignais, Véra.

— Qu'est-ce que tu craignais ?

Il ne remarqua même pas qu'elle l'avait tutoyé subitement.

— Que vous m'envoyiez sur les roses…

— Tu m'as mal comprise, Karl. Je voulais dire qu'il ne faudra pas très longtemps avant que…

On aurait dit qu'il venait d'être frappé par la foudre.

— Avant que je n'atterrisse chez toi ?

C'était là une autre manière de lui exprimer ses sentiments.

— Oui, commandant ! fit-elle en riant.

Puis ils tombèrent dans les bras l'un de l'autre et oublièrent la passion dévorante qu'ils avaient cru éprouver pour un autre. Mais comme quelqu'un pouvait entrer à tout instant dans la pièce, ils durent se contenter de s'embrasser et de s'embrasser encore. Au bout d'un moment, c'en fut trop pour Karl.

— Viens, allons-nous-en.

— Où ça ?

— Chez moi. Mais pas comme la dernière fois !

Véra hésita.

— Karl, déclara-t-elle, je veux bien, je ne peux pas le nier, et pourtant il faut que je te pose une question auparavant.

— Moi aussi…

— Que veux-tu savoir ?

— Est-ce que tu veux m'épouser ?

— Karl ! C'est précisément ce que je voulais te demander !

La joie et le bonheur resplendissaient sur le visage de Véra.

— Dans ce cas, nous sommes d'accord, chérie. Pourquoi crois-tu que je t'aie demandé ton âge ? C'est une chose qu'un homme doit savoir avant d'épouser une jeune fille. D'ailleurs, tu ne m'as toujours pas répondu.

— Tu veux savoir mon âge ?

— Je te l'ai déjà demandé trois fois.

— Je n'ai pas dû entendre.

— Ben voyons ! rétorqua Karl en riant.

— Sonja te conviendrait mieux, elle est plus jeune que moi.

— Bon, je vais essayer de deviner. (Il fit un pas en arrière et la toisa du regard.) Vingt-sept, ou bien peut-être...

— Tu es fou ? Il me reste encore un peu de temps jusque-là !

— Combien ?

— Trois semaines !

Il rit de bon cœur, et cela la rassura.

— Allez, viens, commanda-t-il en la prenant par la main.

Véra, cependant, hésitait encore. Elle aimait les situations claires.

— Karl, te sentirais-tu la force, malgré tes vingt-neuf ans, de grimper encore deux étages ?

— Pour quoi faire ?

— M. Bach, alias don José, aimerait bien te parler.

Karl resta perplexe.

— Véra ! s'écria-t-il.

Il ajouta qu'il savait parfaitement ce que cela signifiait. Il sentait qu'il avait affaire à une sorte de conjuration et ne voulait pas prendre une décision aussi importante à la légère.

— Mais il ne s'agit que d'un entretien, assura Véra en secouant la tête.

Elle demeura intraitable en soulignant le fait qu'il

devait être conscient de ses responsabilités de futur chef de famille.

— Quand lui as-tu parlé, Véra ?

— Il y a une heure.

— Je ne comprends pas. Tu ne pouvais pas savoir que j'avais l'intention de t'épouser.

— Non, mais je savais que *moi* j'en avais l'intention !

— Quoi ? s'exclama Karl qui tombait des nues.

Véra lui tapota gentiment la joue.

— Ne te casse pas la tête, c'est inutile. Vous autres les hommes, vous n'y entendez rien. Nous, les femmes, nous nous y connaissons mieux en amour, les choses sont ainsi. Ton ami Albert va d'ailleurs faire la même expérience.

— C'est vrai, ça. Tu fais bien de me le rappeler. Est-ce que tu lui as déjà fait comprendre que c'était fini entre toi et lui ?

— Pas expressément.

— C'est donc une épreuve qui l'attend.

— Je ne le crois pas.

— Pourquoi ?

— Parce que Sonja lui ouvrira les yeux.

— Sonja ?

— Elle va faire avec lui exactement ce que j'ai fait avec toi.

— Quoi ? Comment sais-tu cela ?

— Parce que nous nous sommes mises d'accord.

— Qui ça, nous ?

— Sonja et moi.

— Mais c'est complètement fou ! Et nous qui croyions que *nous* allions prendre l'initiative !

Ce fut au tour de Véra de s'étonner.

— Qui cela, nous ?

— Albert et moi.

— Ce n'est pas vrai ! Vous avez vraiment cru cela ? Mais quand donc ?

— Hier.

— Pas possible ! Nous aussi.

Karl ne trouva rien de mieux à faire que de soupirer

profondément. Il était mûr maintenant pour la dernière phase de l'opération.

— Et tu es sûre que M. Bach veut me parler aujourd'hui même ?

— Oui, il me l'a promis, si le poste t'intéresse.

Et c'est ainsi que s'acheva l'existence hasardeuse d'un artiste peintre et que commença la carrière prestigieuse d'un dessinateur publicitaire. Et l'on vit beaucoup mieux de la publicité que des beaux-arts ! Hélas !

Maître Albert Max était accompagné de Moritz lorsqu'il arriva chez Sonja, et il y avait une raison précise à cela. Il en allait également du sort de ce chien et il ne fallait pas qu'on en décidât hors de sa présence.

Moritz fit fête à Sonja qui donna libre cours à la joie de le revoir. Albert dut attendre son tour.

— Vous avez eu raison d'amener votre chien.

— J'espère qu'il va bien se comporter et que vous n'aurez pas à changer d'avis.

— Je n'ai aucune crainte à ce sujet. Que faisons-nous ?

— Je croyais que nous devions acheter une gravure ?

Sonja haussa les épaules.

— Si vous y tenez...

— Moi ? (Il passa de la surprise à l'effarement le plus total.) Je n'y tiens pas spécialement. C'est Karl qui m'a dit que vous en aviez l'intention.

— Oh, vous savez... Cela ne presse pas, je l'ai d'ailleurs dit à Karl au téléphone. Vous m'en voulez ?

— Mais non, pourquoi vous en voudrais-je ?

— Parce que j'aurais pu lui dire qu'il était inutile que vous vous déplaciez.

— Au contraire, cela me comble de bonheur.

— De bonheur ? Vous exagérez !

— Nullement.

Sonja n'était pas Véra qui, à sa place, n'aurait pas laissé passer l'occasion d'en savoir plus long. Sonja, elle, se tut et regarda en direction de la porte où Moritz gémissait et remuait la queue, signifiant par là son envie irrésistible de sortir, vu qu'il n'avait plus aucun doute quant à la suite des événements.

— Moritz ! cria Albert sévèrement. Reste tranquille et viens ici ! (Moritz parcourut la moitié du chemin qui le séparait de son maître, puis il interrompit son effort et s'arrêta. Albert semblait regretter de l'avoir amené.) J'aurais dû le laisser à la maison, conclut-il.

— Que faisons-nous ? Vous avez une idée ?

— Si j'avais su, je serais venu en voiture et nous serions partis faire un tour à la campagne.

— Vous n'avez pas envie de flâner un peu dans les rues du quartier ?

— Si c'est avec vous...

— Vous exagérez encore !

— Non, pas du tout.

Sonja se coiffa d'un béret basque, lequel acquit par la grâce de la jeune femme une élégance surprenante.

Moritz avait depuis longtemps repris sa place près de la porte.

— Je suis prête, maître.

Cela faisait des mois déjà que Sonja et Albert s'appelaient par leur prénom. Sonja ne l'appelait « maître » que lorsqu'elle avait envie de plaisanter. Mais Albert ne l'entendait pas de cette oreille et il lui rendait en général immédiatement la monnaie de sa pièce.

— A votre aise, très chère madame, partons.

— Et où allons-nous, Albert ?

A la bonne heure ! pensa-t-il.

— Où vous voulez, Sonja. Désirez-vous que nous commencions par la Leopoldstrasse ?

— Volontiers.

Les trottoirs étaient noirs de monde à cette heure. Il fallait veiller à ce que Moritz ne se perde pas dans la foule.

— Il faut que je le tienne en laisse.

— Laissez-moi faire.

— Grands dieux ! s'écria Albert.

— Pourquoi pas ?

— Une fille comme vous avec ce cabot ! Que vont penser les gens ?

— Je m'en fiche, répondit Sonja en souriant. Vous aussi, je suppose, puisque vous l'avez recueilli.

— Je vous ai raconté comment les choses se sont passées. Depuis, j'attends le jour où le diable...

Sonja s'arrêta brusquement et le regarda, l'air sévère.

— Albert !

— Oui ?

— Je vous aime bien, mais...

— Vous m'aimez bien !

— Mais arrangez-vous pour qu'il n'arrive rien à cet adorable animal, sinon nos relations pourraient en souffrir.

— Nos relations ? Que sont-elles donc, en vérité ? Et qu'arriverait-il si, imaginons le pire, il était donné à Moritz de me survivre ?

— Vous auriez été très aimé, répliqua Sonja gaiement.

— De vous ?

— Non, des dieux.

Il la regarda, tout étonné. Moritz venait de les rejoindre et se demandait ce qu'ils avaient à rester plantés là.

— De quels dieux, Sonja ?

— Des dieux grecs. Quand ils vous aiment, ils vous font mourir jeune. Et ce serait votre cas si Moritz vous survivait, n'est-ce pas ?

Albert n'en croyait pas ses oreilles.

Tout le monde affirme que la beauté va souvent de pair avec la bêtise. Moi-même j'en étais persuadé jusqu'à présent, songea-t-il.

— Sonja, soupira-t-il, savez-vous ce que je dis aux dieux grecs ?

— Albert !

— Attendez ! Je leur dis de me haïr.

— Je comprends. Vous voulez devenir centenaire...

Albert et Sonja poursuivirent ce dialogue enjoué pendant que Moritz les regardait en remuant de moins en moins la queue, pour leur signifier un mécontentement qui s'accentua encore lorsque Albert attacha sa laisse. Il se pencha vers lui.

— Viens ici, mon chou, trouve refuge sous mon aile protectrice afin qu'il ne t'arrive rien. C'est le sort qui t'attend désormais : tu ne me quitteras plus d'une semelle, car s'il t'arrivait malheur, il faudrait que je me suicide.

— Passez-le-moi, intima Sonja en lui prenant la laisse.

Dès lors, Moritz se comporta de manière presque exemplaire. Il se contenta d'arroser un coin de rue sur deux et ne tira fougueusement sur la laisse que lorsqu'il découvrait de l'autre côté de la rue un mâle avec lequel il se serait volontiers mesuré ou bien encore une chienne à laquelle il voulait faire un brin de cour. Dans ces cas-là, Sonja devait faire de sérieux efforts pour ne pas être entraînée par lui sur la chaussée.

Les gens qui les croisaient réagissaient diversement. Les hommes n'avaient d'yeux que pour Sonja, dont la beauté les éblouissait. Certains — des étudiants surtout — sifflaient d'admiration ; des messieurs d'un certain âge, prisonniers de leur bonne éducation, n'osaient en faire autant, mais songeaient qu'une aussi jolie fille aurait été capable de leur faire retrouver une fois encore un septième ciel dont ils se sentaient exclus depuis longtemps.

Albert Max attirait sur lui les regards des femmes. Il avait avec les femmes ce que l'on appelle du succès. En le croisant, les épouses pensaient aux chaînes du mariage, les autres rêvaient à ses délices.

Le soleil de cette fin d'après-midi brillait encore sur la ville. Il faisait chaud au point que Sonja supportait mal son léger manteau d'été. Albert aurait volontiers bu une bière mais préféra ne pas en souffler mot. Sonja, de son côté, n'hésita pas à dire ce dont elle avait envie.

— Nous pourrions aller prendre une glace, non ?

— Avec joie, répondit-il, bien qu'il n'en eût pas mangé depuis des lustres.

Le hasard voulut qu'ils soient devant le café où, la veille, Véra et Sonja avaient élaboré leur plan de bataille. Ou bien n'était-ce pas le hasard ?

En revanche, c'était bien le fruit du hasard si les deux jeunes étudiants en médecine s'y trouvaient, plongés dans une conversation en tout point semblable à celle de la veille.

— Le football féminin n'a guère d'intérêt sportif pour moi, mais assurément un attrait érotique.

— A condition que les soutiens-gorge ne soient pas trop serrés...

— Oui, et l'attrait érotique peut devenir carrément sexuel si les joueuses courent bien.

— Et à condition que tu obtiennes les faveurs de l'une d'entre elles.

— Ou de plusieurs...

— Tu as raison, c'est encore mieux.

Tous deux se turent et méditèrent cette idée.

— Je suis en train de m'imaginer les activités de l'entraîneur d'une telle équipe, et il me semble que tu ne tiendrais pas le coup à ce régime-là, mon vieux.

— Moi si, mais pas toi.

— Permets-moi de rire...

— Ne disais-tu pas ici même que Karin et Lisbeth le même soir, c'était trop pour toi ? Et elles ne sont que deux ! Alors, onze, imagine un peu !

— Tu peux être assisté par un coentraîneur.

— Certes, mais...

L'étudiant s'arrêta net. Sonja venait d'entrer.

— J'en suis soufflé ! murmura l'autre.

— Moi aussi.

— Ce n'est pas une lesbienne.

— Elle est peut-être à voile et à vapeur.

— Et que dis-tu du chien qu'elle tient en laisse ?

— Je me demande ce qu'elle fait avec ce cabot.

— Et le type qui l'accompagne, qu'en dis-tu ?

— Rien de bon. Il a un nœud papillon.

— Si elle couche avec lui, je la plains.

— Tu sais quoi, je me casse. Ce mauvais goût m'est absolument insupportable.

— Je ne pourrais pas dire mieux.

Ecœurés, ils prirent le large après avoir réglé leurs consommations. Ils se rappelèrent leur échec de la veille et durent se rendre à l'évidence que le terrain sur lequel ils auraient volontiers chassé était déjà occupé par quelqu'un qui avait quelques années de plus qu'eux et qu'ils auraient bien appelé « pépé ». Cette constatation fut un coup dur pour eux.

Sonja et Albert ne se doutaient pas des dégâts qu'ils avaient provoqués chez ces deux jeunes gens, désormais en proie au doute.

Le programme de Sonja était le même que la veille : une glace d'abord, un café ensuite. Albert l'imita.

— Je ne vous ai pas encore remercié, déclara Sonja, après quelques instants.

— De quoi ?

C'était à quelques mots près le même dialogue que celui qu'avaient eu peu avant Karl et Véra.

— Vous aviez peut-être mieux à faire que de vous occuper de moi.

— Dois-je vous dire ce que j'avais l'intention de faire ?

— Quelque chose d'intéressant ?

— Non, je...

— Cela me suffit, coupa Sonja. Je ne veux pas en savoir plus long. Je ne suis pas très curieuse, vous savez.

— Je vous le dirai tout de même.

— Pourquoi ?

— Parce que Véra ne manquera pas de vous le raconter quand vous la verrez.

— Véra ?

— J'avais rendez-vous avec elle et, initialement, c'est Karl qui devait vous accompagner.

Sonja le regarda avec étonnement. Elle cherchait à comprendre.

— Mais si vous aviez rendez-vous avec Véra, vous ne pouviez pas la laisser tomber de cette manière !

Elle se tut et attendit une explication.

— Je ne lui ai pas fait faux bond. Je lui ai envoyé un remplaçant.

— Qui cela ?

— Karl.

— Mais lui, il avait rendez-vous avec moi !

— Je sais, soupira Albert.

Sonja secoua la tête.

— Je ne sais qu'une chose, affirma-t-elle.

— Quoi ?

— Que cette pauvre Véra, que vous avez lâchement abandonnée, doit broyer du noir toute seule entre ses quatre murs, pendant que nous, nous bavardons ici.

— Mais non, puisque Karl est avec elle.

— Erreur !

— Il avait la ferme intention d'aller la voir.

— Peut-être, mais il y a eu sûrement contrordre, car il avait une rage de dents.

Albert voulut sourire, mais il se ravisa car il ne se sentait pas très à l'aise. Il ne savait trop comment Sonja allait réagir lorsqu'il lui dévoilerait la supercherie et pourtant il ne pourrait échapper longtemps à cet aveu.

— Sonja, il ne peut pas vous avoir dit qu'il avait une rage de dents.

— Si, je vous assure. Vous croyez que je suis sourde ? (Puis un doute se fit jour en elle.) Ou alors m'a-t-il menti ?

— S'il vous a dit qu'il avait mal aux dents, il vous a menti. Mais je ne crois pas que telles ont été ses paroles.

— Tant pis pour vous !

— Ne vous aurait-il pas dit plutôt qu'il devait aller chez le dentiste ?

— Cela revient au même ! s'écria Sonja. Vous cherchez vraiment la petite bête !

— Je suis désolé, Sonja, que vous ayez cette impression, mais la situation l'exige. Karl devait effectivement aller chez le dentiste, sans avoir pour autant mal aux dents. C'est moi qui l'ai prié d'accompagner Véra chez notre dentiste. Voilà comment les choses se sont passées.

— C'est un échange standard, en quelque sorte. Vous avez annulé votre rendez-vous avec Véra pour me voir, et Karl a annulé le sien avec moi pour rencontrer Véra.

— Exactement.

— Mais pourquoi tout ce manège ? Pourquoi tout chambouler ainsi ?

— Nous voilà au cœur du problème. J'espère ne pas vous blesser en vous confiant que Karl... Comment dois-je m'exprimer ? Qu'il a dans une certaine mesure... changé de cap.

— Changé de cap ? Que voulez-vous dire ?

— Il vous abandonne pour Véra.

— Ah ! fit seulement Sonja.

Tant d'idées lui traversaient l'esprit !

Dans ce cas, elle est arrivée à ses fins, pensa-t-elle. Qui eût pensé que les choses iraient si vite ? Depuis quand voulait-il changer de cap ? Qu'est-ce que cela signifie exactement, puisqu'il ne s'est rien passé entre lui et moi ? Véra doit être heureuse, très heureuse ! Et moi ? Que va-t-il advenir de moi ? Qu'en est-il d'Albert ? Me désire-t-il ? J'ai l'impression que oui. En tout cas, je suis sûre qu'il veut faire l'amour avec moi, c'est ce qu'ils veulent tous. Et il en aura d'ailleurs l'occasion, le moment venu. Mais cela ne me suffit pas. Je l'aime et je voudrais qu'il m'épouse. Mais pour cela, il faudrait qu'il m'aime aussi. Combien de temps mettra-t-il ? Des semaines ? Des mois ? Tout le monde n'a pas la chance de Véra qui est arrivée à ses fins du jour au lendemain. Est-elle plus jolie que moi ? Plus attirante ? Véra et Albert ! Mais il y a eu une idylle entre eux, et même davantage. Qu'en reste-t-il ? Voilà ce que je veux savoir. Est-ce qu'il l'aime encore, bien qu'elle lui ait préféré Karl ? Dans ce cas, l'avenir serait sombre pour moi.

— Albert, je sais que Véra accueillera très favorablement le changement de cap de Karl, comme vous dites.

— Ah bon ?

— Elle en sera même ravie.

— Ah bon ?
— Elle l'aime.
— Tiens, tiens !
— C'est tout l'effet que cela vous fait ?
— Non.
— Non ?
— Ou plutôt si.
— Vous aiguisez ma curiosité.
— Cela m'est égal. Ou plutôt non. Je suis content pour Karl.
— Et vos propres sentiments ne jouent aucun rôle dans cette affaire ? s'enquit Sonja avec son sang-froid habituel.
— Non.
— Je dois avouer, poursuivit Sonja qui ne put s'empêcher d'exprimer ce reproche, que vous n'avez pas perdu de temps. Vous êtes toujours comme cela ?
Albert la regarda droit dans les yeux. Il fallait maintenant jouer le tout pour le tout.
— On dirait que vous m'accusez, Sonja.
— Vous vous attendiez à autre chose ?
— Mais cette accusation se retourne contre vous.
— Contre moi ? Je ne comprends pas.
— Parce que c'est vous qui êtes à l'origine du processus où je me suis trouvé engagé et que vous me reprochez.
Le cœur de Sonja se mit à battre la chamade.
— Le processus ! Voilà encore des paroles de juriste ! Vous ne pouvez pas vous exprimer plus clairement ?
— Si. C'est vous qui avez remplacé Véra dans mon cœur.
Silence.
Ils se regardèrent tous deux, les yeux au fond des yeux.
Véra, tu n'as plus d'avance sur moi. Albert n'a rien à envier à Karl... Il m'aime à la folie, et moi aussi.
— Albert... fit-elle doucement.
— Sonja...

Il prit sa main et la serra. Il jeta un regard agressif autour de lui et s'écria :

— Maudite boutique !

— Pourquoi, Albert ?

— Je ne peux pas t'embrasser ici.

Sonja se mit à rire.

— De ce point de vue, tu as raison.

Il y eut du mouvement tout à coup sous la table. Moritz voulait rappeler son existence. Il semblait avoir saisi l'importance du moment et posa sa tête sur les genoux de Sonja.

— C'est toi qu'il a choisie depuis le début, commenta Albert.

Sonja rit de nouveau.

— A propos de boutique, n'oublie pas que tu vas épouser une femme d'affaires.

— Non, je ne l'oublie pas et je te propose un marché : nous continuons chacun de notre côté, et dans un an, nous ferons le bilan. Celui qui aura gagné le moins d'argent fermera boutique et viendra travailler avec l'autre. D'accord ?

— D'accord !

Romans sentimentaux

Depuis les ouvrages de Delly, publiés au début du siècle, la littérature sentimentale a conquis un large public. Elle a pour auteur vedette chez J'ai lu la célèbre romancière anglaise Barbara Cartland, la Dame en rose, qui a écrit près de 300 romans du genre. À ses côtés, J'ai lu présente des auteurs spécialisés dans le roman historique, Anne et Serge Golon avec la série des Angélique, Juliette Benzoni, des écrivains américains qui savent faire revivre toute la violence de leur pays (Kathleen Woodiwiss, Rosemary Rogers, Janet Dailey), ou des auteurs de récits contemporains qui mettent à nu le coeur et ses passions, tels que Theresa Charles ou Marie-Anne Desmarest.

BENZONI *Juliette*	***Marianne*** 601 **** & 602 ****
	Un aussi long chemin 1872 ****
	Le Gerfaut 2206 ******
	Un collier pour le diable 2207 ******
BRISKIN *Jacqueline*	***La croisée des destins*** 2146 ******
CARTLAND *Barbara*	***Les amours mexicaines*** 1052 ***
	La flamme d'amour 1110 **
	L'enchantement du désert 1188 **
	La première étreinte 1189 **
	Que notre bonheur dure 1204 **
	La belle et le léopard 1215 **
	Pour l'amour de Lucinda 1227 **
	Le mystère de la bruyère bleue 1285 ***
	La revanche de lord Ravenscar 1321 **
	Il ne nous reste que l'amour 1347 **
	Piège pour un marquis 1699 **
	La princesse en péril 1762 **
	Défi à l'amour 1763 ****
	Ola et le marquis 1775 **
	Un souhait d'amour 1792 **
	Indomptable Lorinda 1793 **
	L'amour et Lucie 1806 **
	Rencontre dans la nuit 1807 **
	La magie de la bohémienne 1819 **
	La revanche d'Anthéa 1820 **
	L'invitation au bonheur 1842 **
	L'amour est un songe 1843 **
	Splendeurs impériales 1859 **

CARTLAND (suite)	**Un éternel enchantement** 2230 **
	Le choix du prince 2242 ** (sept.87)
	Loin de l'amour 2243 ** (sept.87)
	Le lord et la demoiselle 2256 ** (oct.87)
	Le secret de l'Écossais 2257 ** (oct.87)
	La victoire de l'amour 2271 ** (nov.87)
	Un coeur trop pur 2272 ** (nov.87)
	Qui peut nier l'amour ? 2285 ** (déc.87)
	La gondole d'or 2286 ** (déc.87)
CHARLES Theresa	**Le chirurgien de Saint-Chad** 873 ***
	Inez, infirmière de Saint-Chad 874 ***
	Rosamond 1795 ****
	Thea 1873 ****
COOKSON Catherine	**L'orpheline** 1886 *****
	La fille sans nom 1992 ****
	L'homme qui pleurait 2048 ****
	Le mariage de Tilly 2219 ****
	Le destin de Tilly Trotter 2273 *** (nov.87)
COSCARELLI Kate	**Destins de femmes** 2039 ****
DAILEY Janet	**Le solitaire** 1580 ****
	La Texane 1777 ****
	Le mal-aimé 1900 ****
	Les ailes d'argent 2258 ***** (oct.87)
	La saga des Calder :
	- Le ranch Calder 2029 ****
	- Prisonniers du bonheur 2101 ****
	- Le dernier des Calder 2161 ****
DESMAREST Marie-Anne	**Torrents** 970 ***
GOLON Anne et Serge	**Angélique, marquise des Anges** 667 *** & 668 ***
	Indomptable Angélique 673 *** & 674 ***
	Angélique à Québec 1410 ****, 1411 **** & 1412 ****
	Angélique : la route de l'espoir 1914 **** & 1915 ****
HOLT Victoria	**La lande sans étoiles** 2007 ****
LAKER Rosalind	**Reflets d'amour** 2129 ****
	La femme de Brighton 2190 ****
LINDSEY Johanna	**Le vent sauvage** 2241 *** (sept.87)
MATTHEWS Patricia	**Le défi de Serena** 1821 ****
	Danser ses rêves 1901 ****
	L'éveil de l'aube 2081 ****
	L'écume des passions 2116 ****

MICHAEL Judith	*Prête-moi ta vie* 1844 **** & 1845 ****
MONSIGNY Jacqueline	*Michigan Mélodie (Un mariage à la carte)* 1289 **
	L'amour dingue 1833 ***
	Le palais du désert 1885 **
PEARSON Michael	*La fortune des Kingston* 1628 **** & 1629 ****
ROGERS Rosemary	*Au vent des passions* 1668 ****
	La femme impudique 2069 ****
STEEL Danielle	*Leur promesse* 1075 ***
	Un monde de rêve 1733 ***
	Palomino 2070 ***
	Souvenirs d'amour 2175 *****
	Maintenant et pour toujours 2240 ****** (sept.87)
WOODIWISS Kathleen E.	*Une rose en hiver* 1816 *****

2229
★★

Impression Brodard et Taupin à La Flèche (Sarthe)
le 18 juillet 1987
6355-5 Dépôt légal juillet 1987. ISBN 2-277-22229-1
Imprimé en France

Editions J'ai lu
27, rue Cassette, 75006 Paris
diffusion France et étranger : Flammarion